KB020044

선우**명**수필선 36
섣달그믐밤

국립중앙도서관 출판예정도서목록(CIP)

섣달그믐밤 : 허창옥 수필선 / 지은이: 허창옥. -- 서울 :
선우미디어, 2014
  p. ; cm. -- (선우명수필선 ; 36)

"허창옥 연보" 수록
ISBN 978-89-5658-372-3 04810 : ₩5000
ISBN (세트) 04810

한국 현대 수필[韓國現代隨筆]

814.7-KDC5
895.745-DDC21 CIP2014021650

선우명수필선·36

섣달그믐밤

1판 1쇄 발행 | 2014년 7월 20일

지은이 | 허창옥
발행인 | 이선우
펴낸곳 | 도서출판 선우미디어
　　　　등록 | 1997. 8. 7 제 305-2014-000020호
　　　　130-100서울특별시 동대문구 장한로12길 40, 101동 203호
　　　　(장안동 우성3차아파트)
　　　　☎ 2272-3351, 3352 팩스: 2272-5540
　　　　sunwoome@hanmail.net

Printed in Korea ⓒ 2014. 허창옥
값 5,000원

※ 잘못된 책은 바꿔 드립니다.
※ 저자와의 협의하에 인지 생략합니다.

ISBN 978-89-5658-372-3
ISBN 978-89-5658-188-6(세트)

선우명수필선 36

섣달그믐밤

허창옥 수필선

선우미디어

머리말

수필을 쓰기 시작한 지 스물일곱 해가 되었다.

그간에 제목을 달고 나온 책이 일곱 권이 되었다. 이제 또 선집 원고를 만지고 있다. 분에 넘치는 호사다. 내 수필 세계를 한 글자로 요약하면 '길'이라고 이미 여러 번 말했다. 부지런히 걸었다. 잘 걸었는가? …! 모호하고 혼란스럽다.

첫수필집『말로 다할 수 있다면』을 펴냈을 때는 기쁨이 컸다. 신인다운 치기였다. 다음 책들은 훨씬 더 멈칫거렸지만 처음 마음먹은 대로 5년 정도 터울을 두고 한 권씩 수필집을 묶었다. 다음 수필집은 기약하기 어렵다. 까닭 없이 그런 생각이 든다.

산문집을 두 권 냈다. 나는 수필과 산문을 따로 놓는다. 수필은 물론 산문이지만, 산문이 다 수필이 될 수는 없다는 생각이다. 개인적으로 나는 틀이 없는 산문쓰기를 좋아한다. 하지만 내가 지키고 싶은 건 수필문학의 정체성이며 진정성이다.

처음 쓴 한 줄의 글이 몇 권의 책이 된 것은 복된 일이다. 지금 내가 글을 쓰고 있고, 앞으로도 쓸 것이란 사실은 더욱 복된 일이다. 선우명수필선에 이름을 올리는 걸 큰 기쁨으로 여긴다.

『선우미디어』 이선우 사장님께 고마운 마음을 전한다.

2014년 여름
햇살 가득한 방에서 허 창 옥

● 차례

1부 | 물소리를 들으며

먼 곳 또는 섬

한 시간 남짓 걸었다. 쉬어야겠다. 생수 한 병을 사들고 긴 의자에 앉는다. 숲에 비가 내리면 어떨까. 비가 자우룩 내려서 숲이 속속들이 젖으면 어떨까. 그 생각을 하면서 수목원을 찾았다. 유감스럽게도 일기예보는 빗나간 모양이다. 하늘은 물기만 그렁그렁 머금은 채 어깨까지 내려와 있다. 그것도 나쁘지는 않다.

흐린 날 오후의 수목원은 조용하다. 수천의 나무와 수만의 꽃들을 바라보고 들여다보면서 걸었다. 천천히 걸었고, 주저앉아서 한가롭게 꽃들과 노닐기도 했다. 먼 길을 목적도 없이 혼자 걷는 느낌이 들었다. 너무 적막하다 싶어서 큰길을 버리고 대나무 숲 사이로 난 좁은 길로 접어들었다. 빽빽하게 들어서있는 오죽(烏竹)을 홀린 듯 바라보고 있노라니 한 쌍의 연인이 다정하게 걸어온다. 길을 비켜주면서 그들이 참 예쁘다는 생각을 했다.

장 그르니에는 섬으로 가고 싶어 했다. '섬'이란 멀리 있는 곳이며 조용하고 무엇보다 자유로운 곳일 터였다. 어느

날 '보로메 섬으로!'란 허름한 꽃가게의 간판을 보면서 보로
메 섬이 먼 이상향이 아니라 가게 주인의 일상적인 열망의
표현이란 걸 깨닫는다. 하여 그는 먼 곳과 작별을 하고 '인
간적으로 보호해주는 마른 돌담 하나'만으로도 족하며 '태
양과 바다와 꽃들이 있는 곳이면 어디나 보로메 섬들이 될
것 같다고 생각한다. 그런 심경이 나에게는 없었겠는가.
'보로메 섬' 으로 가고 싶은 열망, 그 일상적인 열망이 나를
이곳으로 이끌었으리라.

앉아있으니 좋다. 뺨에 와 닿는 바람의 감촉이 부드럽다.
바람이 불어와 잎사귀 하나를 건드리는데 수많은 잎사귀들
이 흔들린다. 잎사귀들이 가지들을 흔들고 가지들이 술렁
거리더니 숲이 소리를 낸다. 그러면서 전체적으로는 아무
일도 일어나지 않은 듯 평온하다. 그 속에 내가 앉아있다.
그 앉아있음이 외롭지 않고 다만 넉넉하다. 자유롭다. 모든
것에서 놓여났고 모든 것을 놓아버렸다. 나는 혼자서 강물
보다 더 유장하게 흐르고 동시에 이 지상에서 한 개의 점으
로 정지된다.

비가 듣기 시작한다. 건너편 화단의 옥잠화 넓은 잎도 후
드득 소리를 낸다. 휘 둘러보니 사위가 고요하다. 비 묻은
바람이 나뭇잎들을 쓸고 가는 소리가 불현듯 무섭다. 하지
만 앉아있기에 불편할 정도도 아니거니와 비가 내리기를
바라지 않았던가. 이 호젓함을 좀 더 누리고 싶다.

발치에 큰 개미 한 마리가 저 혼자 가다가 뒤집다가 또

가다가 한다. 사유의 우물 깊숙이 가라앉아있고 싶어 했음에도 불구하고 기어이 개미에게 말을 걸고 만다. 지루해서 그러니? 배탈이라도 난 거야? 모두들 어디가고 혼자니? 개미가 또 몸을 뒤집더니 손짓발짓으로 대답을 한다. 나는 개미의 말을 알아듣지 못한다. 우리에게 소통은 없다. 개미도 외롭고 나도 외롭다. 혼자 있음이 외롭지 않고 넉넉하다 여겼는데 무리에서 떨어져 나와 온갖 몸짓을 하는 개미를 보니 내가 문득 외롭다.

비가 제대로 내린다. 늦은 여름이라 아직 어둡지 않아서 우산을 들고라도 버틸 참인데 음악이 흐르던 스피커에서 나가달라는 방송이 나온다. 오후 일곱 시가 가까웠다. 수목원 개방시간이 끝나가는 것이다. 아쉽다. 숲이 어둠에 묻힐 때 나도 함께 검은 밤에 함몰되어서 숲과 하나가 되고 싶었는데….

어쩌랴! 방송은 거듭되고 말 안 듣는 시민이 될 수는 없다. 바삐 걷는다. 어디에 앉아있었을까. 한참을 걸어 나오니 또 그 자리다. 당황스럽다. 그러다가 어느 모퉁이를 돌아서 큰길로 나오니, 조금 전에 본 그 연인들이 팔짱을 끼고 여유롭게 걸어 나간다. 반갑다. 한숨 돌리며 그들을 따라 느긋하게 걷는다. 두 손으로 얼굴을 비빈다. 굳어있던 피부가 풀리는 것 같다.

숲에 묻히고 싶었다. 그게 이루어져서 좋은 시간을 가졌다. 그 시간이 진정 고마움에도 숲에 갇힐지도 모른다는 두려움에 잠시 휩싸였다. 수목원을 나선다. 다시 사람 속으로 도시 한복판으로 들어간다. 다음에는 좀 더 멀리 갈 수 있었으면 좋겠다, 그 먼 곳에서도 행여 갇힐까봐 오늘처럼 두려워하면서 돌아오게 될지라도. 그러기를 거듭하다보면 언젠가는, 집에서든 숲에서든 내가 있는 그곳이 바로 먼 곳 또는 섬임을 알게 되지 않을까.

(2008.)

물소리를 들으며

혼자 앉아서 물소리를 듣는다. 그 시원이 어디인지 알 수 없는 물은 눈앞에서 두세 번 꺾이며 떨어져서 소(沼)에 잠긴다. 영국사 가는 길, 숨이 찰 즈음에 삼단폭포를 만났다. 폭포는 높지 않고 물줄기도 세지 않다. 마찬가지로 소도 둘레가 크지 않고 깊이도 얕다. 작고 조용한 폭포, 오히려 쉬기에 편안한 느낌이다.

평상처럼 편편한 바윗돌에 홀로 앉아있다. 이제 막 돋아나는 새잎들의 투명한 초록으로 천지가 눈부시다. 물은 연신 떨어져서 포말로 퍼지고 소는 그 물을 받아 안는다. 물은 소에 이르나 한 쪽이 터져있어 또 어디론가 흘러내린다. 그러니 소는 더함도 덜함도 없이 마냥 그대로이다. 품었으나 다시 흘려보내니 소는 편안해 보인다.

소는 그 속을 훤히 드러내 보이고 있다. 물이끼 낀 돌들, 떨어져 겹겹이 쌓인 나뭇잎들을 들여다보며 나는 물소리를 듣는다. 물소리를 듣는다, 나는. 오래 앉아서 물소리를 듣는다. 이끼 낀 돌멩이도 부식된 나뭇잎도 보이지 않고 마침내 물소리마저 들리지 않을 때까지 하염없이 앉아있다. 오래 듣고 있으면 물소리는 귓속으로 들어와 가슴에서 잦아진다. 천 길 물속 같은 적막에 묻힌다. 물은 분명 소리를 내며 흐르는데 그 소리를 듣지 못한다. 나의 감각, 시각과 청각은 닫혀버린다.

내 삶의 그 어디쯤에서 들었던 물소리들을 기억한다. 오래 전 어느 새벽 팔공산골짜기에서 처음 물소리를 만났다. 2월 하순이었지만 산속의 밤은 길고 밤새 산을 흔드는 바람소리에 잠을 이루지 못했다. 푸르스름한 새벽에 산책을 나섰다. 산을 내려가다가 길 아래 깊은 골짜기에 길게 누워있는 계곡을 보았다. 어렵사리 내려갔더니 수면이 얼어붙어 있었다.

추위도 잊은 채 쪼그리고 앉았다. 얼어붙어 울퉁불퉁한 수면을 오래 들여다보고 있는데 가느다란 물소리가 들렸다. 얼음장 아래서 졸졸졸 물이 살아서 흐르는 것이었다. 그 순간 어떤 정감이 가슴에 일었고 그것은 다시 눈으로 뜨겁게 번졌다.

또 한 번 예사롭지 않은 물소리를 만난 적이 있다. 지리산자락 산청에서였다. 그즈음에 비가 많이 내려서 계곡의 물은 불어나있었다. 뒤틀고 굽이치며 흐르는 물살은 보기에 무서울 정도였다. 물살이 셌지만 흐르는 물에 발을 담그며 높은 웃음소리로 시간을 보내고 밤이 되었다.

돌계단 몇 개만 올라가면 되는 집에 들게 되었는데 밤새

잠을 이룰 수가 없었다. 모두들 잠이 들고 오직 물소리만이 깨어있었다. 콸콸콸, 천둥이 치는 듯, 산을 가를 듯 물은 밤새 고함을 질렀다. 밖으로 나갔다. 큰 돌을 골라서 앉았다. 물은 흐르고 또 흐르고 한정 없이 흘렀다. 그런데 오래 앉아있으니 소리가 없어졌다. 물소리가 들리지 않는 것이다. 밤은 깊고 고요하였다. 그 밤 내 가슴에는 조용한 눈물이 흘렀다.

팔공산골짜기에서 가느다란 물소리를 만나 무언지 모를 정감에 휩싸이던 그때 나는 세상물정 모르던 스물세 살이었다. 산청의 계곡에서 거센 물살을 바라보며 밤을 보낸 때는 삼십대가 저물던 어느 여름날이었다. 그리고 세월을 또 훌쩍 뛰어넘어 오늘 다시 물소리를 듣는다. 물소리, 그것은 나에게 어떤 의미였던가. 영국사 가는 길에서 물소리를 다시 만나 가는 길도 잊고 일행도 잊고 상념에 잠긴다. 물소리에 잠긴다.

스물세 살, 주어진 삶의 무게를 이기지 못하여 두어 달 쉬겠다고 산에 들었다. 그 푸른 새벽에 들은 얼음장 밑의 물소리는 설익은 고민에 빠졌던 나를 어떤 새로움으로 이끌어 준 것 같다. 산청의 거센 물살은 그 시절 나를 뒤흔들던 고뇌와 갈등을 씻어 보내고 가슴에 평화를 채워주었던가 싶다. 그런 시간을 가진 후 스물세 살의 나는 염세에서 벗어났고 삼십 대의 나는 스스로를 가지런히 다듬었다.

눈물이 핑 도는, 가슴이 촉촉하게 젖는 어떤 시간을 그렇듯 물소리로 만났다. 새로움, 새 힘, 평화를 물소리에서 얻었다. 물은 언제나 흐르고 여기저기서 물소리를 만난다. 여느 땐 무심히 흘려버리는 소리를 특별히 유정하게 들었던 것은 그때 내가 삶과 마주서서 치열하게 싸우고 있었던 까닭이다.

오늘 다시 물소리는 특별하다. 나의 내면에 머물러있으나 견뎌내고 내보내야하는 아픔이 있기 때문이다. 하필 왜 물소리일까. 물소리를 듣고 있으면 마음이 고요해지는 까닭이고 그러면 맑게 갠 내면의 소리가 들린다. 수직으로 떨어져서 수평을 이루는 그리고 흘러가는, 낮아지고 내보내며 평온해지는 물의 몸짓을 본다. 소리가 있으나 그 소리마저 버리고 마침내 고요해지는 물의 마음을 읽는다.

(2006.)

자전거 타기

자전거 여행을 떠나고 싶다. 여행을 하고 싶은 게 아니라 자전거를 타고 어디론가 가고 싶다. 우선은 쉭쉭 바퀴소리를 내며 수성못을 한 바퀴 돌아보았으면 한다. 여행이라면 분에 넘치는 일이겠지만, 수성못 둘레를 돌아보는 것쯤이야 뭐 그리 대단한 일이랴.

내 일터가 자동차를 타기에는 가깝고 걷기에는 만만치 않은 거리에 있다. 자전거면 꼭 알맞겠다는 생각이 들곤 했지만 약간의 용기가 필요했다. 대학 다닐 때 자전거를 배우겠다고 몇 날 며칠 넘어지고 끙끙대다가 포기한 적이 있기 때문이다. 한창 나이 때도 못했던 것을 지금 해 낼 수 있을까.

나는 잘 못하는 것이 많은데 그 중에서도 운동을 가장 못하는 편이다. 중 고등학교 때는 피하기만 하면 되는 피구에서도 제일 먼저 공을 맞고 나왔다. 친구들이 던지는 공이 너무 무서웠다. 그런 내 표정을 읽기라도 한 것인지 공은 나에게 먼저 날아오곤 했다. 교양학부 시절에도 유일하게 체육이 F학점이었다. 탁구, 배구, 정구 내가 친 공은 한 번도 네트를 넘기지 못했다. 달리기는 좀 했다. 다행히 몸은 가벼웠고 앞으로 달리기만 하면 되는 것이니까.

운동에 관한 한 나는 콤플렉스가 심하다. 그러니 하기도 싫다. 하지 않으면 그만인데 건강 때문에 그럴 수도 없어서 여간 곤혹스럽지가 않다. 수영이나 에어로빅은 난이도가 너무 높다. 아무래도 걷기가 제일인 것 같아서 한동안 아침저녁 열심히 걸어보기도 했다. 그런데 시간이 없어서, 날씨가 추워서, 잠이 모자라서 등등 핑계거리가 열 가지도 더 생겨나는 것이다.

어느 날 수성못가에 서 있는데 자전거 세 대가 휙휙 지나갔다. 중년 남자 세 명이 자전거로 못 둘레를 계속 돌고 있었다. 참 편안하고 재미있는 운동이라는 생각이 들었다. 금방 자전거로 신나게 달리는 나의 모습을 그려보았다. 참으로 기분이 좋아졌다. 그래, 따로 시간내기가 어려우니 출퇴근을 자전거로 하자. 운동과 생활의 멋 양손에 떡을 쥐는 격이 아니겠는가.

규모가 꽤 큰 자전거 가게에 들렀다. 예쁘고 날씬한 자전거 한 대를 샀다. 바퀴도 보통 자전거 보다 작고 안장도 높낮이를 마음대로 조절할 수 있는 그야말로 나에게 안성맞춤인 성싶었다. 나는 운전을 못하지만, 멋진 선글라스를 끼고 고급 승용차를 운전하는 여인을 부러워한 적이 없다. 그런데 자전거를 사고 보니 그 날렵한 자전거로 가고 싶은 곳을 마음대로 갈 수 있는 내가 아주 근사하게 느껴지는 것이다. 영화나 드라마의 주인공들처럼 우거진 수목 사이를 또는 노을 지는 강둑을 페달을 천천히 밟으며 지나가 봄직도 하지 않은가.

고 작고 날씬한 자전거는 그러나 호락호락하지가 않았다. 첫 날은 아들이 도와주겠다고 나섰다. 모처럼 공휴일이라 일찍 귀가한 고3 아들의 금쪽같은 시간을 빌려서 집 근처 학교 운동장으로 갔다. '중심잡기'에서 나는 벽에 부딪쳤다. 오른발을 페달에 얹고 밟으면서 왼발을 자연스럽게 올리는 것인데 그게 도무지 되지가 않았다. 페달은 자꾸만 발에서 미끄러져 헛돌았고, 그때마다 자전거와 나는 한쪽으로 넘어지곤 하였다. 아들이 먼저 지치고 오기로 버티던 나도 지쳤다. 집에 와서 보니 오른손 엄지와 검지 사이에 물집이 잡히고 발목 부위에는 멍 자국이 여러 개 나 있었다. 기가 막힌다고 웃던 남편이 이튿날 가르쳐주겠노라고 나섰다. 중심만 잡으면 그 다음은 저절로 나간단다. 그 '중심잡기'에서 또 실패했다. 아들보다 훨씬 편안하게 가르쳐 주었지만 해내지 못했다.

젊어서도 못해냈던 일인지라 새삼 실망할 것도 좌절할 일도 아니건만 나는 다소 의기소침해졌다. 페달을 밟으려다가 수 없이 넘어지면서 문득 내 삶도 이러했던 게 아닐까 하는 생각이 들었다. 나는 어쩌면 바람이 불 때마다 중심을 잃고 휘청거리며 살아왔는지도 모른다. 마냥 그럴 수는 없지, 다시 용기를 내야지. 자전거 페달에 두 발을 얹고 내 삶의 중심을 응시하면서 앞으로 나아가련다.

　정말 자전거를 잘 타고 싶다. 여행은 아닐지라도 수성못 몇 바퀴는 유쾌한 기분으로 돌아보고 싶다.

(2001.)

오래된 마을에서

네 손가락을 펴서 돌담을 만진다. 그런 채로 천천히 고샅을 걷는다. 손이 두툴두툴한 돌담을 쭈우욱 훑으며 느린 발걸음을 따라온다. 손끝에 낯익은 감촉이 와 닿는다. 이 촉감, 꼬맹이 적 우리 동네 '안골목' 그 돌담들 이후 얼마만인가.

이 골목 저 골목을 다니며 이 집 저 집을 기웃거린다. 싸리문 안으로 들여다보니 오후의 그늘이 마당을 반쯤 가리고 있다. 사람이 사는 집이다. 낮은 처마 밑에 느슨하게 묶인 빨랫줄에 낡은 타월이 걸려 있고 고무함지박이 화단 앞에 아무렇게나 놓여있다. 화단에는 맨드라미 봉숭아 분꽃들이 원래 제 자리가 없었던 듯 자연스레 뒤섞여서 피어있다. 부엌 앞 귀퉁이에 장독 몇 개가 놓여있고 그 옆 개집에서 할 일을 잊어버린 개가 멍청하게 앉아있다. 벼논인지 텃밭인지에서 하루 일을 마무리하고 돌아 올 주인을 기다리는가보다.

돌아 나와서 다시 골목길을 걷는다. 이미 그 쓰임새가 폐기된 낡은 경운기가 버려진 듯 놓여있다. 대나무로 엮은 삽짝이다. 사람이 살고 있지 않은 걸까. 툇마루의 기둥에 오래 찢겨나가지 않은 빛바랜 일력이 걸려있다. 해가 지겠다고 갈 길을 서두르건만 나는 못들은 척한다. 이 촌락에 더 있고 싶어 버틸 만큼 버텨보겠다는 심산이다.

낙안읍성이다. 초가집들, 돌담, 고샅길, 낮은 대문 안으로 들여다뵈는 적요가 어우러져서 꿈 속 같은 정취를 자아내고 있다. 마을은 민초들이 살았던 옛 모습을 그대로 보여주고 있는 사적이며 관광명소이다. 휴가철에는 관광객들로 붐비고, 문명의 때와 잇속이 이 마을 고유의 아름다움과 주민들의 건강한 삶을 어느 정도 손상시킬지도 모른다. 하지만 이 시간 나에게는 그냥 고만고만한 이웃들이 도란도란 모여 사는 오래된 마을로 느껴질 따름이다. 골목엔 새까맣게 그을린 학동들이 뛰어 놀고, 들에 나간 남정네들 지게 지고 고샅을 들어오며, 굴뚝에선 저녁밥 짓는 연기가 봉실봉실 솟아나올 것 같은 그런 정겨운 촌락일 뿐이다.

그 어디쯤에서, 오래전에 살았던 여자처럼 앞치마에 젖은 손 닦으며 지아비를 맞이하는 아낙네로 살고 싶다. 부엌 문 열고 나오는 키 작은 아낙을 그려본다. 정말이지, 몇 백 년 거슬러 올라가서 착하고 다소곳하며 살림 손끝 야문 참한 여인네로 살아보았으면 좋겠다. 오래된 마을에서 오래전에 살았을 한 여자를 스스로에게 투영해 보는데 슬픔인지 기쁨인지 형언할 수 없는 정감이 가슴 가득 번진다. 그

마을 그 여자가 그립다.

해가 설핏해졌다. 성 밖으로 나가야겠다. 문득 왼손에 들고 있는 솟대모형을 의식한다. 마을에 들어오기 전, 성 밖의 한 가게에서 샀다. 대나무 가는 가지 끝에 다섯 마리의 나무새를 앉힌 예쁜 솟대이다. 평일이라 어지간히 조용했나보나. 주인은 나를 무척 반갑게 맞았다.

목각 공예품들과 쥘부채 같은 한지 공예품들이 진열된 가게 안을 둘러보는데 여자가 백설기를 떼어주며 먹으라고 하였다. 남편은 나무로, 아내는 종이로 민속공예품을 만든다는 그 부부는 이곳에 여행 왔다가 눌러 앉았으며 곧 성 안에 집이 마련될 거라고 말했다. 적적하지 않겠어요? 내 물음에 여인은 그저 웃기만 하였다. 서울말을 하는 젊은 여성이 택한 새로운 삶에 내 마음은 우려 반 격려 반이었다.

"잘 사세요."

짧은 인사로 헤어졌다. 그 여인을 생각하니 새삼 가슴이 아린다. 모시개량한복 곱게 입은 정갈한 모습의 미인이었다. 특별한 삶을 향유하기 위해서가 아니라, 생활의 방편으로 이곳을 택했을지라도 여기에서 그 부부가 참으로 평화롭게 살아가기를 바라는 마음이다. 그래, 이 집이야. 깨어진 도자기를 쪼르륵 박아서 테두리를 만든 화단에 키 작은 화초들이 올망졸망 피어있는 아담한 집이다. 이 집에서 그들이 살았으면…. 여름밤, 장지문 열어 놓고 마주 앉아 나무를 다듬고 종이를 만지는 젊은 부부의 모습을 그려본다.

오래된 마을에 있는 동안이나마 오래전에 살았던 여자이고 싶다. 저 성문을 나서는 순간 환상은 깨어지고 말겠지. 하여 온갖 것을 부여잡고 사느라 제풀에 지치고 무너지는 자신을 다시 만나게 되겠지. 하지만 오늘 나는 오래전에 살았던 순박한 여자를 가슴에 품고 간다. 살다가 마음이 갈 길을 잃으면 그 여자를 불러내서 순한 눈빛 마주하고 나직나직 물어 보리라.

　땅거미 내리는 낙안 마을 초가집들을 바라보며 성문을 향해 뒷걸음을 걷·는·다.

(2004.)

창문으로 내다본 풍경

자동차가 긴 마찰음을 낸다. 이따금 듣는 소리지만 들을 때마다 가슴이 철렁한다. 창밖을 내다본다. 별일 없는가보다. 자동차들은 쌩쌩 달리고 인도에는 어른들과 아이들이 천천히 또는 바쁘게 걸어가고 있다. 느티나무 가로수들은 제자리에 굳건하게 서있다. 북쪽 창으로 내다보는 풍경이다.

집의 남쪽에도 창이 나있다. 그쪽 풍경은 좀 더 정적이고 서정적이다. 아파트의 공동정원인데 늘 조용하다. 나무들이 서있고 산책로도 있으며 원두막만한 쉼터도 있다. 그 너머는 숲이다. 남쪽 창으로 밖을 내다보면 편안해진다. 그러니까 나는 북쪽 창으로 역동적인 삶의 현장을 내다보고, 그 삶에서 고단해진 마음을 남쪽 창을 내다보며 쉬는 것이다. 세상의 모든 창들은 그렇듯 풍경을 담아낸다.

지난 일요일 팔공산엘 가다가 어느 길목에서 갑자기 걸음을 멈추었다. 큼지막한 바윗돌이 하도 많아서 보고가자는 것이었는데, 그 옆에 있는 묘지를 먼저 둘러보게 되었다. 키 큰 소나무로 둘러싸인 묘지는 조용했다. 한눈에도 오래된 묘지임을 알 수 있었다. 비단실처럼 가녀린 풀이 오륙십 센티미터 정도로 웃자라서 넓은 묘지를 고르게 뒤덮고 있었다. 신비하였다.

한 기의 무덤이 위쪽에 있었고 조금 떨어져서 아래로 또 몇 기의 무덤이 있었다. 묘지주변을 이리저리 거닐었다. 영혼이 떠난 육신의 집, 흙으로 돌아간 지 오래되었을 망자의 집 앞에서 조금의 거리감도 두려움도 느낄 수 없었다. 묘비를 읽었다. 府事金海金公之墓, 貞夫人綾州朱氏祔左, 부부의 합장묘였다. 오래된 유택이 주는 느낌은 허무함도 쓸쓸함도 아닌 평화였다.

그러다가 돌들이 있는 곳으로 걸음을 옮겼다. 처음에는 도로 쪽으로 세워놓은 빗돌에 새겨진 시를 읽으며 걸었다. 고은의 「시인」, 신경림의 「갈대」, 안도현의 「너에게 묻는다」를 읽다가 안으로 들어갔다. '돌 그리고…'라는 테마공원이었다. 가운데에 가지를 희한하게 뻗은 배롱나무 고목이 서있고 그 둘레를 패랭이꽃이 에워싸고 있었다. 스피커에서는 조영남의 「그대 그리고 나」가 낮게 흘렀다.

수천 점의 크고 작은 돌들을 느릿느릿 구경하다가 정원용 테이블에 앉아있는 수염이 텁수룩한 중년남자를 보았다. 묘지를 덮고 있는 풀의 이름을 아느냐고 내가 물어보았다. 그가 모른다고 대답하였다. 오후 세 시의 햇살아래 금빛으로 일렁이는 풀들을 바라보며 참 보기 좋다고 내가 또 말했다. "후손이 왔을 때 벌초하지 말라고 했어요." 그가 말했다.

그래서 그가 그 공원의 주인인 줄 알았다. 크고 작은 돌들을 보고 경탄하는 나에게 그는 혼자가 아니면 집을 구경시켜 주겠다고 하였다. 수석을 좋아하는 남편이 저쪽에서 관상삼매경에 빠져있었다. 남편을 불렀다. 밖에서는 무슨 창고 같이 단조로운 느낌의 단층집으로 보였으나 계단을 내려가서 보니 이층집이었다. 벽이 투박하고 높아서 의아했는데 집주인이 "죄인이라서 감옥에서 산다." 고 농담처럼 말했다. 그럴듯했다. 집안으로 들어서자 예사의 살림집은 아니란 걸 금방 알 수 있었다. 오디오 장치와 피아노가 있는 무대, 여러 사람이 한꺼번에 앉을 수 있는 긴 회의용 탁자, 많은 음반과 책들, 다 열거해서 무엇 하랴. 아래층은 작은 음악회 같은 '모임'을 위해 마련했다고 하였다.

아래층에서 밖을 내다보니 그의 말대로 감옥처럼 벽만 보였다. 그가 이층으로 우리를 안내했다. 거기서 벽은 물론 구석구석에 나 있는 여러 개의 창문들을 보았다. 아니 창문들이 아니라 창문에 들어와 있는 풍경들을 보았다고 해야 맞겠다. 창 하나하나가 산수화나 풍경화를 담은 그림액자라고 그가 말했다. 정사각형, 직사각형, 옆으로 긴 것, 위아래로 긴 것, 창문들에는 그의 말처럼 저마다 다른 풍경이 그려져 있었다. 먼 산 능선, 가까운 나무숲, 돌무더기들…. 정원의 돌에 새겨진 "처음과 같이 이제와 항상 영원히"

를 보았을 때 그가 가톨릭신자라는 걸 알았다. 부부가 거처하는 이층에는 군데군데 십자가상, 성모상들이 있었다. 묵상을 위해 마련된 작은 방에 들어섰다. 잠시 천국을 본 것 같았다. 낮은 탁자 한 개와 방석이 좌우로 긴 창을 향해 놓여있었다. 조금 전의 그 묘지가 바로 눈앞에 보였다. 비단실 같은 풀들이 미풍에 하늘하늘 물결지고 있었다.

차안과 피안이 창 하나를 사이에 두고 함께 있다. 어느 고요한 시간에 누군가가 홀로 앉아서 묵상에 잠긴다. 적념. 그런 영상을 떠올려보는데 눈물이 날 것 같았다. 그 창으로 묘지를 바라보며 묵상을 하면 죽음이 그리 낯설거나 두렵지 않을 것 같고 삶과 죽음의 경계마저도 지울 수 있을 것 같았다.

그 집 창문으로 내다본 풍경은 여럿이었으나 오직 묘지 풍경만이 뇌리에 남았다. 죽음이 피할 수 없는 인간의 숙명이란 걸 모르는 사람이 있을까. 그럼에도 불구하고 그것은 영영 내 것이 아닐 것 같다. 마냥 살 것 같다. 그러한 의식 또는 무의식이 죽음에 대한 묵상을 회피하게하고, 나아가서는 삶에 대한 성찰마저도 가벼이 하게했을 터이다. 삶은 그 유한성 때문에 존귀한 것이고 죽음은 반드시 오는 것이기에 또한 숭고한 것임을 그 창문을 내다보며 새삼 깨닫게 되었다.

글을 쓰는 동안 북쪽 창에 햇살이 비낀다. 다시 창가에

선다. 길에는 여전히 사람들과 자동차들이 다니고 건너편
아파트 너머로 멀리 팔공산의 긴 능선이 또렷이 보인다.

(2007.)

그리운 오두막집

오래 전에 팔공산의 한 암자에 머물렀던 적이 있었다. 2월에 대학을 졸업했는데 4월에 출근을 하게 되어있었다. 그 두어 달을 암자에서 지낼 수 있게 되었을 때 참으로 기뻤다. 조용하고 평화로우며 충만했던 꿈같은 시간이었다. 한밤 요사채에 감돌던 적요, 희붐한 새벽에 바라본 푸른 산, 그리고 호젓한 길에서의 산책을 어찌 잊을 수 있으랴. 그런 시간이 다시 올 수 있을까. 나는 깊은 산속, 또는 천길 물속 같은 시간을 갈망한다. 좀 더 조용한 곳으로 가서 살고 싶지만 스무 살 시절처럼 암자를 찾아갈 수는 없는 노릇이다. 쉬러가는 것과 살러가는 것은 다른 문제이기 때문이다.

너무 안간힘을 쓰면서 살았다는 생각이 든다. 겉보기에는 물론 그리 애를 쓰는 것으로 보이지 않을지도 모르겠다. 하지만 삶에는 갈등구조가 있게 마련이다. 악전고투라고 할 수는 없지만 생이란 고해를 나름대로 힘겹게 헤엄쳐왔다고 말할 수는 있겠다. 나는 씩씩하게 살아가고 있다. 의

연하고자 했고 자신감을 잃지 않으려하였다. 그것은 낭패감을 드러내지 않기 위한 몸짓이었을 터였다. 그렇듯 겉으로 드러낸 몸짓은 마침내 나를 지치게 했다.

언젠가는 가고 싶은 곳에 갈 수 있을 터이다. 얼마 전에 지리산 가는 길에 금빛으로 일렁이는 보리밭과 얕은 산기슭에 무더기무더기 피어있는 흰 찔레꽃을 보았다. 어디에 가고 싶어 했는지 불현듯 깨달았다. 아득한 유년의 우리 집 대문께에 서면 보이던 그 보리밭이었고, 장독대 뒤 담장에 하얗게 피어있었던 그 찔레꽃이었다. 그렇게 연상된 옛집은 한순간의 향수를 넘어서는 절실한 그리움을 불러일으켰다.

잊고 지냈다. 너무 깊이 숨겨두어서 까맣게 잊어버린 소망 하나가 나를 뒤흔들었다. 나는 가리라, 흙냄새 풀냄새 두엄냄새 묻어나던 옛집으로. 그 옛집은 자취 없어진지 오래되었다. 어릴 적 살던, 우물이 있고 감나무가 있고 쇠죽 끓이던 가마솥이 있고 외양간이 있던 그 집은 하나의 표상일 뿐이다. 툇마루 아래 작은 섬돌이 놓여있고, 마당귀에 맨드라미 봉숭아가 피어있는 아담한 집이면 어디든 족하리. 걷잡을 수 없을 만큼 마음이 산란했다. 갑자기 모든 것들이 힘겨운 등짐으로 느껴졌다.

유감스럽게도 아직은 때가 아니다. 때는 더 무르익어야 한다. 언제일까, 10년쯤 후면 되려나. 그때가 되면 옛집을 꼭 빼닮은 집에서 꽃이 피고 지는 것을 보면서 살고 싶다.

원하는 곳에서 바라는 모습으로 살아가기가 얼마나 어려운 일인지를 모르는 바가 아니다. 어쩌면 영영 그곳에 가지 못할지도 모른다. 뜻하지 않은 일이 생길 가능성도 얼마든지 있다. 그렇지만 생길지도 모르는 의외의 일까지 염두에 둘 필요가 있겠는가.

두 아이가 공부를 하고 있다. 공부를 마치면 짝지어 보내야 한다. 그러니까 내 밭에는 여태 경작하지 못한 이랑이 남아 있는 것이다. 떠나고 싶은 마음을 다스려야 할 이유가 되고도 남는다는 생각이다.

때가 되면 어느 촌락의 작은 집에서 조용히 살 수 있겠지. 그 작은 집을 얻기 위해서 열심히 살 것이고 그때쯤이면 나이도 그만한 까닭에 한유함을 누리는 것이 그리 염치없는 일은 아니리라 애써 생각한다. 넉넉하고 평화로운 개미의 겨울이 내게도 올 수 있기를 바라는 마음 간절하다.

그때는 또 다른 푸념을 하게 될지도 모른다, 글쓰기도 예전 같지 않고 눈이 침침해서 책 읽는 것도 버겁다고, 그래서 하염없이 먼 산만 바라본다고. 다소 쓸쓸하겠지만 그지없이 평온할 훗날을 그려보니 힘이 생긴다. 언젠가는 이르게 될 그리운 오두막집을 향해서 또박또박 착실히 걸어가련다.

밤이 깊을 대로 깊었다. 우선은 편안한 잠에 들어야겠다.

(2005.)

해저물녘 정경

　할아버지의 머리 위로 담배 연기가 피어오른다. 연기는 피어오르고 흩어지기를 거듭한다. 연기를 보면서 할아버지의 호흡을 느낀다. 지금 내가 바라보고 있는 정경은 매우 평화롭다. 사진작가의 앵글에 잡혔다면 분명 깊이가 느껴지는 작품이 되었음직한 영상이다.

　한참을 그렇게 앉아계신다. 그 뒷모습을 바라보고 있노라니 무어라 형언할 수 없는 심경이 된다. 연민과 외경이 혼재된 정감이랄까. 할아버지가 느린 걸음으로 가로수 플라타너스를 지나 바로 내 눈앞에 가로놓인 굵은 쇠파이프에까지 오셨다. 허름한 점퍼, 후줄근한 바지차림에 여름용 중절모를 쓴 할아버지는 손잡이가 둥글게 구부러진 나무지팡이에 몸을 의지하셨다. 얼른 뵙기에도 여든은 넘어 보인다. 찌그러진 쇠파이프가 앉을깨로 마땅치 않을 텐데 거기쯤에서 쉬어 가셔야했나 보다.

　지팡이를 먼저 쇠파이프에 걸쳐 뉘어놓고 그 옆에 앉으시더니 모자를 벗어서 역시 쇠파이프에 얹어 두셨다. 그리고 잠시 호흡을 가다듬으시는 것 같았다. 느릿느릿 점퍼를 뒤적이시더니 담배를 찾으신 게다.

　군데군데 녹이 슬고 찌그러진 쇠파이프에 지팡이, 할아버지, 모자가 나란히 앉아서 쉬고 있다. 플라타너스 긴 가지들이 그 오른쪽 앞에서 건들건들 흔들리고 이제 물들기 시작하는 넓은 잎사귀들 사이로 황혼녘의 하늘이 조각조각 보인다. 차도에는 갈 길 바쁜 자동차들이 꼬리를 물고 달린다. 가을날 해저물녘의 한때를 사람과 사물과 나무가 함께 보내고 있다.

　할아버지의 뒷모습은 안쓰럽도록 조그맣다. 좁은 어깨와 꾸부정한 등허리에서 세월을 본다. 얼마나 많은 일들이 있었을까. 더러는 벅찬 환희로 가슴 떨었으며 또 더러는 인생의 호된 고비를 만나 좌절하고 절망의 나락에 떨어지기도 했으리라. 그 모든 질곡을 넘어서 오늘에 이르렀다.

　나는 '노인', '노파'란 낱말을 좋아하지 않는다. 늙은 사람, 늙은 여자가 결코 나쁜 이름이 아닌데 그냥 그 말들의 느낌이 좋지가 않다. 하여 글을 쓸 때는 언제나 할아버지, 할머니로 표현한다. 물론 혈연이 있는 것은 아니지만 친근함이 느껴지기 때문이다. 노인, 노파에는 아무래도 인간적인 애정이 결여되어 있는 것 같다. 생면부지의 어르신일지라도 그 살아오신 세월을 생각하면 마음이 아리고 경외하는 마음이 되지 않을 수 없는 것이다.

　열다섯 걸음이나 될까하는 거리에 할아버지가 계신다. 가깝다. 그런데 그 열다섯 걸음쯤의 거리에 닿으려면 나는 30년을 더 살아야한다. 그 동안도 숨 가쁘게 살아왔다. 내리막길, 오르막길, 좁은 길, 굽은 길을 얼마나 걸었던가. 무엇이 기다리는지 모를 모퉁이를 몇이나 돌았으며 단애에 선 적은 없었던가. 그런 나를 서른 해나 넘어선 어르신이 저기 계신다. 모르긴 하지만 여쭈어보면 그래도 한 생이 한낱 꿈처럼 짧더라고 하실 터이다.

걸어가리라. 열다섯 걸음 떨어진 저기까지, 신이 허락하신다면 느릿느릿 걸어서 서른 해 세월을 마저 채우리라. 그 무엇이라도, 환희는 물론 질병과 비애까지도 마다하지 않고 다 내 몫이라 여기며 받아 안을 것이다. 다른 글에서 이즈음 나의 시간을 '오후 네 시'라 하였다. 황혼의 시간이 되면 나도 저렇듯 조그마해지겠지. 점점 작아지고 가벼워지는 것도 괜찮겠다는 생각이 든다. 크고 무거운 것들을 내려놓았기 때문이 아니겠는가. 다만 그 오후의 햇살이 내게 자애롭게 내리시길 소망할 따름이다.

담배연기도 사위었는데 할아버지는 일어나시질 않는다. 무슨 생각을 하실까. 휙휙 지나가는 자동차들을 바라보며 '어딜 그리 바삐 가는가. 천천히 가도 늦지 않으이.' 그렇게 혼잣말을 하며 정신없이 바쁘게 보내버린, 그래서 정작 소중한 것들을 놓쳐버린 어리석음을 아쉬워하시는 것일까.

어둠이 내리기 시작한다. 가실 길이 얼마나 남았는지 모르지만 따뜻한 밥상이 차려져 있는, 잔소리하는 할머니도 계신, 그리고 아들 며느리 손자와 강아지까지 있는 집으로 들어가셨으면 좋겠다.

(2006.)

산바람 또는 컵

  시화 한 점을 건네받았다. 어느 시화전에서 내 눈길을 끌었던 작품이다. 숲에 가린 산사의 돌계단을 큰스님과 동자승이 걸어 올라가는 뒷모습을 그린 풍경화에다 시 '산바람'을 가는 붓으로 쓴 참한 작품이다. 시화전이 끝난 한참 뒤 ㄱ시인을 만났을 때 그 시화 얘기를 했더니 사람 좋은 그가 흔쾌히 주겠다하였다. 그래서 내 방에 온 것인데 볼 때마다 참 기분이 좋다.

  "그러면 쓰나, 대중들이 숭보아" // 큰스님 나무람에 뒷짐 지고 따라가는/ 애기 스님// 단풍잎 같은 손안에 로봇이 달랑거리고// 아른아른 뺨 위에/ 부처님 함께 계시는 걸 산바람은 안다

  깨달음에 이른 큰스님과 로봇을 좋아하는 애기스님 사이에 놓인 길이 까마득히 멀어 보인다. 하지만 큰스님은 믿고 있으리라. 산 아래에 내려갔다가 지금 돌계단을 오르듯 동

자승이 그렇게 한 걸음 한 걸음 깨달음에 이를 것이라고. 큰스님의 나무람에는 그래서 자애가 배어있다. 고즈넉한 그림에 따뜻한 시다.

영화 '컵'을 감상하면서 시 '산바람'을 생각했다. 닮았다. '컵'은 인도에 망명한 티베트의 수도승 이야기다. 자신과 헤어스타일이 같은 축구영웅 호나우도를 좋아하고, 축구에 열광하는 어린 수도승 '오견'을 중심으로 이야기는 펼쳐진다. 어린 수도승들은 진지해야할 설법 시간에도 눈짓 손짓으로 장난을 친다. 큰스님의 가르침은 아직 멀고 먼 세계의 일인 것이다. 저자거리를 달구는 월드컵 축구경기는 당연히 어린 수도승들에게도 놓칠 수 없는 관심거리다. 밤에 몰래 빠져나가서 TV 중계를 보고 오다 들키고 만다. 그 벌로 식사 당번을 하면서도 오견과 친구들의 머릿속은 온통 월드컵 생각뿐이다. 게코 스님에게 앞으로 공부를 열심히 할 것을 약속하고 TV 시청 허락을 받는다. 갖은 방법으로 돈을 마련해서 TV를 빌려온다. 지붕에 안테나를 설치하고 주파수를 맞추느라 법석을 떤 끝에 수도원의 전 식구가 함께 결승 경기를 시청하게 되는 것이 줄거리이다.

여느 어린이들이나 다름없는 동자승들을 큰스님과 게코 스님은 한없이 인자한 미소로 포용한다. 그렇게 문화적 차이와 세대 차이를 극복함으로써 어쩌면 단절될 수도 있었던 그들 사이의 끈을 이어 놓는다.

큰스님과 게코 스님의 대화 몇 토막이다.

"요즈음은 특히 수도승들 기강이 해이해졌습니다."

"왜 그렇지?"

"월드컵이 시작되었기 때문입니다"

"그게 뭔데?"

"두 나라가 공을 갖고 싸우는 거죠"

"별난 싸움도 다 있군."

"뭣 때문에 싸우나?"

"컵을 차지하려고요."

"컵 하나 때문에?"

'컵'에 물을 따라 마시면서 큰스님은 빙그레 웃는다. 대화를 나누는 두 사람의 표정은 더할 나위 없이 온화하다.

열심히 공부하겠다는 약속 따위는 까맣게 잊고 오견은 공부시간에 바람개비를 접는다. 보고도 보지 않은 듯이 큰스님의 가르침은 이어진다.

걸을 때 부드러움을 느끼려면 온 세상을 가죽으로 덮어야하나? 가죽신을 신으면 됩니다. 자신에게 유해한 것들을 일일이 물리치기란 불가능하다. 자신을 다스릴 수 있다면 이 세상에 있는 모든 악한 것을 물리치는 것과 같은 결과를 얻을 수 있다. 그렇게 가르치면서 큰스님은 희망한다, 속세에 노출되어있는 어린 수도승들이 정통적인 교육을 받고 부처님의 가르침을 현대에 잘 계승시키기를.

시 '산바람'과 영화 '컵' 은 이렇게 닮았다. 몇 행의 짧은 시와 영화 한 편에 담겨 있는 희망이 나를 기쁘게 하였다.

로봇을 좋아하는 동자승과 월드컵에 열광하는 '오견'은 결국 부처님의 가르침을 따라 큰스님처럼 깨달음에 이르는 길을 걸으리라는 믿음이 생긴다. 많은 다른 것들을 인정해주고 안아주면서 그들을 올바로 이끌어 줄 큰 어른이 있기 때문이다.

세태가 잘못되어 가고 있다고 개탄하고, 요즘 아이들 이해할 수 없다고 꾸지람만 한다. 너그러운 손길로 다독여주고 좋은 모습 보여주려 애쓰면 아이는 나중에 괜찮은 어른이 되지 않을까.

(2002.)

적요(寂寥)

"적요, 적요를 써 주세요."

스님은 말씀 없이 나를 잠시 바라보신다.

팔공산에서 승시(僧市)가 열린다고 했다. 스님들이 물물교환을 위해 예부터 열었다는 승가장터를 재현한다는 것이다. 그 장터를 둘러보는 일이 재미있을 것 같아서 딸아이와 팔공산행버스를 탔다. 가을초입인데 여름이 끈질기게 남아서 진득거렸다. 팔공산에서 파계사로 넘어가는 길에 있는 자동차극장이 장터였다.

승복, 바리, 소쿠리, 손잡이가 긴 커다란 주걱, 약탕관, 나무숟가락 같은 일상용품들을 늘어놓은 난전 한가운데에 한 스님이 앉아서 뜨개질을 하며 맞은편에 쪼그리고 앉은 촌부와 담소를 나누고 있다. 그 주위로 도자기체험, 천연염색, 닥종이, 녹차제다시연, 두부집, 사찰음식전시장 등이 늘어서있다. 공연, 전시, 체험, 놀이마당이 각각 그리고 동시에 펼쳐지고 움직인다. 사람들이 많다. 하지만 다들 진지하게 둘러보고 있어서인지 어수선하지 않고 물 흐르듯 유유하다. 물은 그러나 신명나게 흐른다.

떡메에 연신 두들겨 맞으면서 부드러워지고 점도를 더해가는 인절미가 정말이지 먹음직스럽다. 줄을 서서 한참을 기다린 끝에 한 조각을 얻어서 입에 넣으며 딸아이와 나는 함박 웃는다. 연잎에 싼 찰밥을 몇 덩이 사고, 도자기를 감상하다가 연꽃모양으로 빚은 하얀 찻잔 한 쌍을 산다. 죽비를 사고 싶은데 비싸다. 내가 나를 놓아버리고 싶을 때마다 저 죽비로 어깨를 내리치면 정신이 번쩍 들 것 같은데…….

장터 여기저기를 돌아다니다 와편각전시장에 멈춰 선 것이다. 깨진 모양 그대로의 기와에 '소욕지족', '다선일여' 등의 글귀와 문양을 새긴 작품들이 전시되어 있다. 생명을 다해 버려진 기와조각 무더기가 여공스님이 와편전각에 몰두한 인연이 된 '첫 부처님'이며, 깨진 기와 한 장도 부처님이고, '두두물물이 다 부처님' 이라는 여공스님의 말씀이 인쇄된 팸플릿을 챙긴다.

"한글로 합시다."

한자로 하면 획이 너무 많아서 어려울 거란 생각을 하고 있었으므로 선뜻 그러겠다고 대답한다. 손바닥 두 개 크기의 주황빛 기와조각을 골라들고 차례를 기다리다가 스님께 드리며 '적요'를 쓰고 싶다고 말씀드린 게다. 조금 전에 엉뚱하게도 '열공(열심히 공부하자)'을 고집하는 학생을 보고

"다른 건 없나" 하며 빙그레 웃던 스님이 나를 또 잠깐 바라 보신 게다. 대개 불가의 화두를 선택하기 때문이려니.

기와조각에 연필로 천천히 글씨를 쓰는 여공스님의 얼굴 은 참으로 맑다. '적'은 'ㅈ'의 두 획을 양 옆으로 넓게 벌려 서 그 끝을 달팽이 문양으로 꼬아 쓴다. '요'는 'ㅇ'을 아주 작게 'ㅛ'의 아래 획은 옆으로 길게 늘인다. '적'의 글씨꼴이 화려한듯해서 본시의 뜻이 흔들리는 것 같았는데, 'ㅛ'의 아 래 획이 횡으로 낮고 길게 그어져서 '소란스러움을 가라앉 힌 다음에야 비로소 적요에 이른다.'란 뜻으로 다가온다. 역시! 경탄하며 감사히 받아든다.

긴 작업대에 대여섯 명이 앉아서 스님이 본을 떠준 내용 을 조각하고 있다. 딸아이가 의자에 앉아서 조각칼을 든다. 가슴팍에 '승시'가 흰색으로 프린트된 감색 앞치마를 입고 아이는 이내 조각 삼매에 빠져든다. 얼굴에 땀이 송송 맺힌 다. 내가 할 걸 그랬나하는 생각이 들지만 모른 척 한다. 글 씨를 새기는 동안 그 뜻도 새겨져서 아이의 마음도 물속처 럼 고요해지기를 바라는 것이니.

시간이 많이 걸린다. 나는 또 장터를 돌아다닌다. 사찰학 춤 공연이 시작된다. 한 무리의 학이 날아오르고 내려앉는 것 같은 아름다운 춤사위에 빠져있다 문득 해가 설핏해지 는 느낌에 발걸음을 돌리니 아이가 조각칼을 반납하고 있 다. 스님께 깊이 절하고 장터를 나선다. 산기슭 바위에 앉 아서 연밥을 꺼낸다. 연잎을 펼치니 주먹 크기의 촉촉한 찰

밥덩이가 들어있다. 맛이 그만이다.

버스정류장의 줄이 길다. 모두들 저자거리로 돌아갈 시간인 게다. 땀 냄새 나는 사람들 속에 섞이는 일이 즐겁다. '두두물물이 부처님'란 말이 가슴에 들어온 까닭이다. 불자가 아니면 어떠랴, 말씀이 주는 감동은 다르지 않은데.

주황색 바탕에 하얗게 음각된 〈적요〉를 서가 빈자리에 비스듬히 세운다. 글자의 획에 떨림이 있다. 조각칼이 떨리면서 나아간 모양이다. 떨림이 있는 게 오히려 마음에 든다. 떨림을 모르면 고요 또한 알지 못하리니.

와편전각 〈적요〉를 들여놓으니 위안이 된다. 마음의 소요를 견디기 힘들 때, 세상사에 휘둘려서 휘청거릴 때 마주하고 있으면 "가만…가만…" 낮은 음성으로 나를 다독거려 온전한 적요 속으로 데려다 줄 것 같다.

(2011.)

이장(移葬)

가을비가 추적추적 내렸다. 일주일 동안이나 가랑비·안개비·때 아닌 소나기를 섞어 가며 내렸다. 다른 감상에 젖을 여유도 없이 요 며칠 날씨 걱정을 하였다. 다행인 것이 그저께부터 주춤주춤 하더니 이장을 해야 하는 오늘 아침엔 하늘이 물기를 다 닦아내고 말간 얼굴을 나타낸 것이다.

내 고향 감천리는 삼사십 가구가 조촐히 살아가는 농촌이었다. 대구 근교이지만 마을이 워낙 작아서 전기시설이 된 지도 얼마 되지 않고 상수도 시설은 아직 되지 않은 낙후된 곳이다.

아파트는 거대한 몸짓으로 성큼성큼 도시 바깥으로 걸어나가서 마침내 고향에도 발을 들여 놓았다. 실개천이 평화롭게 흐르던 마을을 헐어버리고 그 위에 서민을 위한 영구임대아파트가 축조되고 있다.

많지 않은 전답에 신앙처럼 마음을 붙이고 살던 사람들이 보따리를 싸게 되었다. 살아 있는 사람들이 땅값을 주머니에 넣고 떠나버린 후 밭 몇 뙈기를 사이에 두고 마주 서 있던 죽어간 사람들의 마을인 공동묘지도 한꺼번에 이장을 하게 된 것이다.

며칠간의 비 때문에 진창이 된 산기슭에 가까스로 천막을 쳐놓고 산허리를 바라보니 인부들이 바쁘게 움직이고 있다. 무어라 형언할 수 없는 마음이 되어 산을 오른다. 형체도 없이 납작해진 아총(兒塚)들을 이리저리 피해 밟으며 올라가니 이미 이장을 끝낸 묘혈(墓穴)이 여기저기 파헤쳐져 있다. 자손들의 발걸음이 끊긴 지 오래인 듯한 봉분(封墳)들은 뭉개져 으스러진 채 그냥 누워 있기도 하다.

삽을 꽂을 때마다 뚜두둑 뚜두둑 잔디 찢어지는 소리가 가슴 한 구석에 아픔으로 와 닿는다. 친정 집안에는 유난히 단명한 사람이 많았다. 특히 남자들은 장년이 되기가 바쁘게 이런저런 이유로 세상을 달리하였다. 할아버지·할머니·아버지·어머니·작은아버지, 차례로 유골이 지상에 모셔진다. 모두 아홉 기(基)다. 집을 나서면서 무서우면 어쩌나 했던 우려는 말끔히 가시고 오히려 반갑기 그지 없다. 예기치 못했던 감정이다. 초상 때처럼 슬픔이 북받쳐 통곡을 하리라 생각했는데 의외로 차분해진다. 유골의 모습을 찬찬히 들여다보아도 영혼이 떠났다고 생각되지 않아서 도무지 이승과 저승으로 갈라진 것 같지가 않다. 그저 내 육친으로만 느껴져서 오래 못 뵌 반가움이 조용한 눈물로 괴어 안개처럼 시야를 가릴 뿐이다.

생전의 할아버지·할머니의 모습이 차례로 떠오르고, 옥

색 한복 단정히 입으셨던 어머니의 마지막 모습도 떠오른다. 그러나 아무리 기억 속을 뒤져보아도 아버지의 모습은 좀체 와 닿지가 않는다.

내가 유치원에 다니는 꼬마만큼 키가 자랐을 때, 우리 집 대청마루 서까래 밑에 걸려 있던 낡은 사진틀에서 아버지를 보았다. 누렇게 바랜 명함 크기의 사진에서 본 아버지는 바지통이 넓은 양복차림에 머리는 기름을 발라서 뒤로 넘기고 콧수염을 기른, 그 시절에는 보기 드문 신사였다. 그래서 나는 아버지를 초등학교 교장선생님처럼 훌륭한 분으로 짐작하고 존경하였다. 유골이나마 아버지를 실체(實體)로 뵙기는 오늘이 처음이다. 물론 네댓 살까지 뵈었겠지만 기억이 잘 나지 않기 때문이다. 아버지의 유골은 장대(壯大)하였다. 사진 속에서 보아 왔던 의젓함을 조금도 잃지 않으셨다. '아버지 ! 내 아버지시군요. 제가 벌써 돌아가실 때의 아버지만큼 나이가 들었어요.' 하고 입 속으로 조그맣게 인사를 드린다.

흙으로 돌아갔다고는 하나 결코 흙으로 돌아가지 않고 이승에 함께 있다는 느낌이 더욱 진하다. 그런 느낌은 혈육의 끈끈한 정이 아직 마르지 않았기 때문이며, 고향집의 대문만 밀고 나서면 나란히 누워 계신 묘지가 한눈에 보였기 때문이다.

군위에 새로 조성된 공원묘지에 모셔 놓고 모두들 흡족한 표정이다. 깔끔하게 단장된 산으로 옮겨 모신 일이 자손으로서 매우 다행스럽게 느껴지는 것은 당연하다. 이쪽저쪽 산자락마다 줄줄이 늘어선 무덤들은 이웃이라는 묘한 정감을 자아내고 그래서 외롭지 않으리라는 생각에 안심이 된다.

그러나 그런 생각도 잠깐, 돌아오는 길에서 비로소 산 자와 죽은 자로 갈라섰음을 절감한다. 산 사람이 사는 동네는 사람들과 자동차와 살아가는 데 필요한 모든 것들에 의해 차고 넘친다. 고층아파트를 지어 놓고 아무리 빽빽이 들어앉아도 살 터전은 모자라기만 한다. 그래서 산이 깎이고, 들이 좁혀지고 고향도 묻어버리는 것이다.

'산 사람은 살아야지.'

하는 산 자의 논리에 따라 죽은 이들은 한적한 곳으로 밀려나야 한다. 문득 살아서 몸 붙일 집 한 칸에 연연해야 했던 사람들이 죽어서도 자리 걱정은 매양 한가지란 생각에 잠시 서글퍼지기도 한다.

어둠이 낮게 깔리는 시간에 원색 네온사인이 화려하게 돌아가는 산 사람의 동네로 자동차 물결을 타고 들어선다. 그러면서 어쩔 수 없는 '흐름'이라고 생각해 본다. 끝없는 흐름! 도도하게 흐르는 큰 강물처럼 삶은 죽음으로 흐르고 죽음은 다시 삶으로 소생하는 것이리라.

오늘 더욱 멀어진 곳에 다시 고이 누우신 어른들을 먼 훗날에는 모실 자리가 영영 없어질 지도 모른다. 그렇더라도 우리들과, 우리들의 자손들과 영원히 단절되는 것은 아니라고 생각된다. 그분들의 삶은 살아있는 자들의 삶 속에서 다시 면면히 이어지는 것이리니, 등 돌리고 산을 내려가는 딸을 보시고도 서운하게 생각하지 않으시리라.

스스로 위로하면서 짐짓 태연한 체 차창 밖을 내다보는 데 낮에 산에서 보았던 안개가 시야에 가득 찬다.

(1988.)

매화문양연적

여러해 전에 매화잠을 갖고 싶다는 글을 쓴 적이 있다. 손때가 묻어있고, 문양이 약간 닳은 그런 기품 있는 매화비녀를 갖고 싶다고 썼다. 그건 비녀이기도 하지만 다시 없이 소중한 그 무엇, 생을 온통 바칠만한 그런 가치를 표상하는 것이라고 말했다.

또 하나 내가 갖고 싶은 건 청자연적이었다. 해태모형, 개구리모형 등등. 연적을 갖고 싶은 마음은 갈래머리 여고생시절 국어책에서 배운 피천득 선생의 '수필'에서 시작되었다. '수필은 청자연적이다.' 나는 이 기막힌 문장에서 눈을 떼지 못했다. 하지만 글씨 한 획을 그을 줄 모르고 돈도 없는 학생이 그 꿈같은 보물을 가질 수는 없는 것이었다.

한참, 아니 얼마간이라고 할 수 없을 만큼의 세월이 흘러서 김용준 선생의 '두꺼비 연적을 산 이야기'를 읽었을 때 나는 또 연적이 갖고 싶어서 견딜 수 없었다. 그러니까 내가 연적을 갖고 싶어 한 마음은 두 편의 수필에서 시작된 것이다. 이제 와서 생각해보면 그런 좋은 글을 쓰고 싶은 욕구를 가졌던 것인데 그걸 미처 깨닫지 못하고 다만 연적을 가지고 싶다하였다.

깜냥이란 게 있고, 분수라는 게 있다. 청자연적을 욕심내서 어쩔 것인가. 이십 년도 더 된 이야기지만 저급하나마 실제로 지필묵을 마련했던 적이 있다. 서예교실에 다닐 생각이었는데 늘 그래왔지만 여기서도 핑계를 대자면 먹고사는 일이 바빴다. 하여 차일피일하는 동안 먼지만 쌓였다가 지금은 집안 어디에 있는지 행방도 모를 만큼 완전히 잊혀졌다. 그럴듯하게 글씨를 쓰게 되면 어떻게든 연적을 가져볼 요량이었겠지만 거의 망상에 가까운 희망이었다고 해야 솔직하겠다.

몇 해 전 텔레비전 '진품명품'에 해태모형청자연적이 등장해서 이제는 식어버린 연적에 대한 내 열망을 다시 불러일으켰다. 그런데 값이 엄청났다. 값은 그렇다 치고 팔 것도 아니지 않은가. 의뢰자는 그저 자신의 보물이 어떤 이력과 값어치를 지니고 있는지 알고 싶어 했을 뿐이다. 새삼 '연적앓이'에 끙끙대고 있었는데 그해 생일에 딸아이가 매화문양연적을 사왔다. 어디서 샀는지, 얼마인지, 작가가 누군지 아이는 가르쳐 주지 않았다. 쌀 한 되 살 돈도 없으면서 두꺼비연적을 사왔다고 나무라던 김용준 선생의 부인이 생각났다. 행여 있을 내 꾸지람을 피하고 싶었던 것이겠지. 오, 나는 그러나 아이를 나무랄 생각이 없었다.

몽돌처럼 둥글고 납작한 모양에 표면이 반드르르하니 매

끄럽다. 작은 주먹크기의 몸통에 주둥이선이 수려하다. 옆모습이 영락없는 오리다. 물위에 띄워놓으면 한 마리 청둥오리처럼 기품 있게 유영할 것도 같다. 무엇보다 점처럼 콕콕 박힌 매화꽃잎 하나하나가 섬세하기 이를 데 없다. 각각의 꽃들은 크기와 음영, 원근이 서로 다르다. 꽃송이들은 따로따로 곱고 전체로 조화롭다. 김용준 선생의 그 두꺼비연적은 못생기기가 이를 데 없는 것으로 묘사되었는데, 나의 매화연적은 어여쁘기가 견줄 데 없다.

연분홍빛인가 하면 연회색인 것도 같은 조그만 자기의 빛깔, 몸통 전체에 성글지도 않고 비좁지도 않게 얌전하게 피어있는 여린 꽃송이들, 그래 그걸 보는 것만으로도 넘치는 호강이다. 지필묵을 다룰 능력이 없어도 그만이리. 서가에 나란히 꽂힌 책들 앞에 매화문양연적이 앉아있어서 들고나며 바라보고, 거기에 그것이 있다는 사실 만으로도 가슴이 벅차니 그저 고마울밖에.

게다가 이 매화연적은 매화비녀를 갖지 못한 헛헛함을 채워주고도 남았다. 그것이 비록 소녀 취향의 동경에서 비롯되었다 해도 지금은 매화비녀가 표상한, 지고한 가치를 대신하고 있는 것이다. 나는 그 때문에 넉넉한 마음이 된다. 쓰다듬고 바라보는 내 마음은 그러므로 세상 모든 고귀하고 숭고한 것 앞에 진정으로 무릎 꿇는다.

꽃들과 새들, 자연이라는 이름을 가진 모든 것 앞에 고개 숙인다. 인간의 정신과 손길로 빚어낸 모든 창작물 앞에 겸

허해진다. 그런 마음이 되는 까닭은 생명을 가진 글 한 편 쓰고 싶다는 소망을 결코 버릴 수 없어서이다. 매화문양연적이 그 소망을 상징한다. 그래서 더할 나위 없이 귀하다.

　아침에 J선생이 꽃봉오리가 조롱조롱 맺힌 한 뼘 길이의 매화꽃가지를 몇 개 꺾어다주셨다. 뜰에 매화가 피면 옛 선비들이 술이 익었다고 벗을 부르는 것처럼, 선생은 해마다 내게 매화소식을 그렇게 전해주신다. 몸집이 통통한 유리병에 물을 채워 꽃가지를 꽂아두고 바라본다. 매화를 바라보면서 매화연적을 이야기하는 이 시간, 어이없게도 내가 매화처럼 고결하고 격이 높은 사람이라도 될 것 같은 즐거운 착각에 빠진다.

(2014.)

섬

　장 그르니에가 말한 비밀스러운 삶, 조용한 삶을 나도 살
고 싶다. 데카르트는 도시의 한복판에서 문명의 편리함을
충분히 누리며, 사람들 속에 섞여 떠들어대면서도 비밀스
럽게 살았다고 한다. 장 그르니에는 또 자신이 어디에 있든
그곳이 곧 '섬'이라고도 했다. 어제와 오늘이 다를 것 없는
단순한 생활, 그 생활을 거리낌 없이 공개함으로써 오히려
정신만은 고요히 지켜내는 그런 삶을 살 수 있다는 것이다.
그게 어찌 가능하다는 건가.
　보얗게 흐린 창밖을 내다보다가 우산을 찾아들었다. 시
장에 갈 생각이다. 다리를 건너면 시장이다. 다리 중간쯤에
서서 강물을 내려다본다. 물이 깨끗하다. 시장부근이라 더
러울 때가 많은데 오늘은 맑게 흐른다. 우산을 접고 비를
맞는다. 보슬비를 맞는 것이 이렇게 기분 좋을 줄 몰랐다.
정수리에, 블라우스에, 얼굴에 비가 닿는다. 비가 내 속으
로 스며든다. 시원하다. 사람들의 눈치를 보고 싶지 않다.
비를 맞거나말거나, 머리에 꽃을 꽂든가말든가 무슨 상관

이랴. 그런 생각을 하다가 이건 또 무슨 배짱인가 싶어서 혼자 웃는다.

아주머니들이, 아저씨들이, 할머니들이 과일을, 그릇을, 옷가지를, 생선을 팔고 있다. 상점과 상점 사이를 천천히 걷는다. 대개는 말끔하게 정돈되어 있지만 지저분하고 쾨쾨한 냄새가 나는 후미진 곳도 있다. 빗줄기가 굵어지면서 발밑이 질퍽하다. 얇은 운동화에 빗물이 스며든다. 이 또한 기분이 좋다. 사람들이 살고 있다. 그들의 삶, 그 이면까지 가늠할 순 없지만 그들에게서 건강하고 치열한 생활인의 모습을 본다.

"손질해서 주실래요?"

"아, 예~." 시원스레 대답하며 아주머니는 고등어를 도마 위에 내려치듯이 놓고는 머리를 탁 친다. 시퍼런 비닐 앞치마에 핏물이 튄다. 잘리자마자 고무함지박 속으로 미끄러져 들어가는 고등어대가리와 도마 위에 널브러진 내용물들, 그게 뭐 어떻다는 것인가. 검정비닐봉지에 고등어 두 마리를 담아서 내게 건네고 지폐를 받아 앞주머니에 밀어넣고 거스름돈을 내주기까지 그녀의 동작은 거침이 없다.

배가 고프다. 투명비닐로 칸을 지른 간이식당에서 밀수제비를 시켜놓고 앉아 있다. 탁자가 두 개, 동그랗고 빨간 플라스틱의자가 몇 개 놓여있다. 맞은편에서 먼저 온 남자가 칼국수를 먹고 있다. 발치에 놓은 고등어봉지에서 새어나오는 비린내가 좀 미안하지만 시침을 뗀다. 빗질이 안 된

반백의 머리칼에 주름살이 깊게 팬 검붉은 얼굴의 남자, 그의 거친 입술이 부드러운 국수를 후루룩후루룩 빨아 당긴다. 국수그릇과 깍두기종지 사이를 그의 젓가락이 규칙적으로 오갈 때, 색 바랜 줄무늬 티셔츠 위에 걸친 빨간 조끼의 주머니들도 좌우상하로 움직인다.

수제비가 나와서 나도 먹기 시작한다. 그와 내가 겸상처럼 마주 앉아 늦은 점심을 먹는다. 남자와 나에게 오찬을 마련해준 아주머니는 허리에 손을 얹은 채 멍하니 밖을 내다본다. 익명의 세 사람이 투명한 실내에서 각자의 시간을 보내고 있다. 안과 밖이 서로 훤히 보인다. 그게 조금도 불편하지가 않다.

고등어봉지를 들고 식당을 나서면서 나는 장 그르니에를, 데카르트를 생각한다. 그들이 고요한 생활을 향유한 것은 도심 속에서도 익명성을 확보했기 때문일까. 아니면, 타인들에게 자신의 존재를 완전히 드러내고 떠들어대서 어떤 호기심도 일어나지 않도록 선수를 쳤기 때문일까. 둘 다일 게다. 나는 어떤가. 결론부터 말하자면 '안 된다'이다.

일터에서 대부분의 시간을 보내며 살고 있다. 사람들이 들고난다. 그들에게 나는 애정을 느낀다. 진심이다. 천직이라 여기며 30년을 보냈다. 이 생활은 어쩌면 데카르트가 누린 비밀스러운 삶에 비견할 수 있을지도 모르겠다. 일상적이고, 공개된 생활이란 측면에서 그렇다. 게다가 그들은 이미 내 생활의 일부가 되어있다. 그들이 내 정신세계를 비집고 들어와서 나를 지배하거나 괴롭힐 까닭이 없지 않은가.

그럼에도 불구하고 나는 단순하고 조용한 생활을 이어가는데 실패했다. 마음은 늘 소란스럽고 정신은 맑지 않다. 조용히 살고 싶은데 그게 도무지 되지가 않는다. 비밀스럽게 살고 싶은데 그게 안 된다.

대체 왜? 나는 너무 많은 일들에 에워싸여 있다. 가야할 곳이 많고, 만나야할 사람들이 많고, 해야 할 일이 많으며 가져야 할 것이 많다. 많고도 많은 그것들이 근심을 낳고 낳아서 나를 시끄럽게 한다. 무엇보다 난감한 것은 그 많은 것들을 내가 조금도 줄이지 못하고 있다는 것이다. 하여 장 그르니에의 차원을 달리하는 '섬'이 아니라 설령 무인도에 간다 해도 나는 결코 단순하고 조용하게 살아갈 수 없으리란 생각이 든다. 어찌하랴.

(2010.)

2부 | 자정

눈물 1

그 여자는 가출을 하였다. 여섯 살, 네 살, 그리고 돌배기를 남겨둔 채 비산동 어느 허름한 집을 보퉁이 하나 안고 몰래 나왔다. 푸르스름한 새벽녘이었다. 세상이 아직 곤한 잠에서 깨어나지 않은 시각에 그 여자는 길모퉁이에서 한 번, 그 모퉁이를 돌아서 다시 한 번, 아이들이 있는 집을 돌아보았다.

매질에 멍든 몸의 통증도 배고픔보다는 덜 고통스런 것이었다. 그 여자, 어찌어찌 연이 닿아 우리 집에 오게 되었다. 재바르고 상냥하고 손끝이 야문 그 여자는 일하는 나를 위해 살림을 대신 해 주었다. 제 아이 두고 온 어미가 남의 아이를 키우는 마음이 어떠했을까. 그 여자 보다 더 젊은 나는 알지 못했다.

술주정에, 의처증에 시달렸다는 그 여자의 푸념에 그래도 아이를 두고 오는 것은 아니지. 아이 거둘 능력이 없다 싶어 이해를 하다가도 그렇더라도 아이를 두고 나오는 것은 아니지. 그렇게 경멸하는 마음이 없지 않았다.

그 여자, 4년 만에 아이들을 찾았다. 세 아이 맡아 키우던 아이들 할머니의 묵인 아래 우리 집에서 이따금 만나는 시간을 가졌다. 머릿니 때문에 우리를 잔뜩 긴장시키던 다섯 살짜리 영주는 주뼛주뼛 들어와서 이내 헤헤거리는 밝은 아이였다. 요즘 세상에 머릿니 슬게 했다고 짜증을 내는 그 여자에게 키워주는 게 어디냐고 내가 쏘아 붙였다. 그 짜증이 실은 자신을 쥐어뜯는 절규라는 걸 가슴이 얇은 나는 짐작하지 못했다.

　그 여자, 세 아이를 다시 버렸다. 그 동안 모은 돈으로 자립한다고 우리 집을 떠난 다음이었는데 생각처럼 풀리지 않아서 아이들에게 알리지 않고 거처를 옮겨버렸다. 내 생일을 챙겨준다고 찾아온 그 여자에게 아이들 소식 물었더니 하는 대답이 그것이었다. 그 여자의 삶은 남루하고 또한 비루했다.

　그 여자가 몇 년 만인지 기억도 나지 않을 만큼 세월이 흐른 후에 전화를 했다. 대학병원산부인과 병동으로 나와 달라고, 꼭 나와 달라고. 무슨 일인가 물으니 무조건 나오라 하였다. 그 나이에 산부인과에는 무슨, 그렇게 속말을 하면서 그 여자를 만나러 갔다.

　비바람 모질게 스쳐간 흔적이 완연한 얼굴에 푸스스한 머리를 하고 빙긋이 웃으며 그 여자는 나를 신생아실로 끌고 갔다. 간호사가 안고 다가와 보여주는 아직 눈도 뜨지 않은 아기를 보면서 그 여자에게 나는 눈짓으로 물었다.

"영주가 아기 낳았어."

누구보다도 먼저 나에게 보여주고 싶었다고 하였다. 그때 내 생일 날, 아이들과 연락 끊었다는 말에 싸늘해지던 내 표정을 잊을 수 없었노라고 하였다. 그 후 그 여자가 맞은 숱한 날들의 비바람을 더 얘기해서 무엇 하리.

그 여자는 이제 어엿한 직장인이 된 맏아들과 뒤늦은 공부에 열중인 큰딸, 아기엄마가 된 막내 영주, 이렇게 세 자식의 어머니로 돌아와 있었다.

"지를 못 키운 죄 요거 키워주면 씻을라나"

아기를 들여다보며 행복하게 웃는 그 여자의 야윈 뺨에 언뜻 물기가 비쳤다.

(2005.)

눈물 2

"내 품에 안겨 편안히 갔소. 그만하면 됐지 뭐."

여든세 살의 할머니를 보낸 여든 살 할아버지의 말씀이다. 웃음을 띠며 하는 말씀이지만 주름살 가득한 얼굴은 견줄 데 없이 쓸쓸해 보인다. 할머니 살아생전 애태운 죄 갈피갈피 들춰보며 회한에 젖어있을 할아버지. 그 연세이니 남 보기에는 백년해로한 것이 분명하지만 다 늙어서 다시 만난 조강지처를 사별한 마음이 오죽하겠는가.

늙고 돈 떨어지니 집구석에 찾아들었다고 몇날며칠을 박대하던 할머니, 그가 누구신가. 그야말로 굽이굽이 한이 서린 삶을 인고해 낸 이 땅의 조강지처가 아니던가. 곧 따스한 밥 지어올리고 한복 정갈하게 손질하여 입히며 늦은 살림을 시작하였다.

지금은 연로하여 구부정하지만 훤칠한 키에, 주름졌어도 그 인물 어디가지 않았다. 할아버지를 보면 젊어 한때 어떠했을지 짐작하고도 남는다. 작은 키에 마른 몸매인 할머니도 밉지 않은 자태였다. 언제나 반들반들 윤이 나게 빗은

머리에 쪽을 쪄 비녀를 지르고 치마저고리 깨끗하게 차려 입으셨다. 허리춤에 끈을 매어 치맛자락이 끌리지 않게 마무리하는 것도 잊지 않았다. 우아하다거나 단아하다기보다 깔끔하였다. 두 분은 늘 한복을 입으셨다. 손이 많이 간다고 주위에서 말려도 할머니는 고집을 버리지 않으셨다. 젊어서는 사시절 때맞춰 지어 입히지 못했다. 그마저도 한이 되었을 터이다.

노부부는 언제나 그런 모습으로 내게 오셨다. 많이 쇠약해진 할머니를 의자에 앉히고 곁에 앉아서 갈퀴처럼 엉성한 손으로 할아버지는 흐트러지지도 않은 할머니의 머리를 자꾸 쓰다듬었다.

"할아버지, 할머니가 그렇게 예쁘세요?"

그 물음에 할머니의 대답이 먼저 돌아왔다. 어지간히 애를 먹였어야지. 형님, 하면서 나한테 절하고 간 계집이 너덧은 되었지 아마. 모르고 지낸 거는 또 몇이나 될꼬? 할아버지는 싱겁게 히죽 웃으셨다. 임자는 집지킴이 아이가. 말하자면 큰 나무지. 나머지는 다 잔쟁이인기라. 그게 변명이될까 싶지만 할머니는 눈 한 번 하얗게 뜨는 것으로 그 뿐이다. 그렇게 한참이나 앉아 계시다가 가곤 하였다. 노부부가 느린 걸음으로 플라타너스 나무를 지나서 모퉁이로 사라질 때까지 나는 눈을 떼지 못하고 내다보았다.

두 어르신의 삶을 쉽게 납득할 수는 없다. 나는 30년 아래 세대이다. 요즘 젊은이들은 물론이거니와 우리 세대만 해도 남성의 그런 태도를 포용하지도 않고 무조건 인고를 강요당하지도 않는다. 할머니, 왜 참고 사셨어요? 여쭈었던 적이 있었다. 다른 재주가 있어야지. 그러려니 했다는 것이었다. 다시 만나 산 세월도 짧지 않았으니 그것으로 되었다고 하였다.

그것으로 되었다. 그 말씀에 심정적으로 공감하였다. 나라면 도저히 할머니처럼 살 수는 없었을 터이다. 또한 끝이 좋으면 다 좋은 것이란 허울뿐인 말에 동의할 수도 없었겠다. 하지만 십 수 년을 함께한 두 분의 만년, 그 늦은 행복을 부정할 수 없다는 생각이다. 두 분이 손을 잡고 천천히 걸어가시는 뒷모습을 보면 그래도 다행이지, 뒤늦게 찾아왔어도 그 때문에 할머니의 삶이 영 덧없는 것은 아니었지, 싶었다.

할머니의 손길이 떠난 할아버지의 앞섶에 국물자국이 보인다. 감기약 봉투를 한 손에 쥐고 혼자 휘적휘적 걸어가신다. 할아버지의 처진 눈꺼풀 밑으로 그렁그렁 맺히던 눈물이 내게로 번져온다.

"내 품에 안겨 편안히 갔소, 그만하면 됐지 뭐."

(2005.)

눈물 3

당신 말씀만 하신다. 내가 간간히 대답을 해도 영 듣지 않고 할머니는 주저리주저리 이야기를 엮으신다. 나를 향해 있는 할머니의 눈길도 사실 나를 보고 있는 것 같지가 않다. 어쩌면 세월을 바라보고 있는 듯 할머니의 눈에는 초점이 없다.

하늘이 맑고 높게 열린 이아침에 이제 닫힐 때가 가까워진 당신의 한생을 할머니는 마음먹고 풀어내신다. 할머니 앞에 지금 내가 앉아있지 않아도 그만이다. 이야기는 처음부터 나를 향해 건네지는 게 아닌 성싶다. 그래요, 할머니. 정말 그래요. 맞장구를 치며 정을 담은 눈길을 보냈지만 눈도 어둡고 귀도 잘 들리지 않는다. 워낙 연로하시다. 구술을 착실히 받아 적는 사람처럼 경청할 수밖에 없다.

"스물에 혼자되어 지를 보고 살았는데, 에미 팔자 닮아서 지도 혼자된 기라"

아흔의 어머니가 일흔의 딸을 근심하고 있다. 그 딸이 많이 아파서 병원에 누워있단다. 혹이 어쩌고 하는 말씀을 미루어 짐작해보니 아무래도 대장암인 것 같다. 더는 알 수 없지만 초기라면 수술로 완치될 수도 있을 터이다. 이제는 암도 잘 고쳐요. 따님은 안 죽어요. 곧 나아요. 답답해서 큰 소리로 말씀드렸지만 아무 효과가 없다. 비집고 들어갈 틈이 없다.

스물에 혼자된 여인, 그 시절이 어떠했던가. 서방 잡아먹은 계집, 게다가 '씨'도 안 되는 딸을 낳았으니. 친정살이 식모살이 전전하면서 고이 키운 딸을 시집보냈더니 농사일에 손발 부르트도록 일만하더란다. 허우대만 멀쩡한 사위는 술주정뱅이로 '천날만날' 길바닥을 쓸더니 일찍 죽어버렸단다. 그래도 두 아들 훌륭히 키웠다고 딸 자랑을 한참 하신다. 손자가 있네요, 따님 걱정 손자한테 맡기세요. 할머니 살 걱정이나 하세요. 또 소용없는 말참견을 하고야 만다.

변비 때문에 오셨다가 시작된 할머니의 서사는 대하소설처럼 유장하다. 더러 다른 환자가 와서 내가 일을 하면 멀거니 입맛 다시며 앉아계신다. 입성은 할머니의 일생처럼 남루하고 하얗게 센 머리칼은 솜털 다 빠져버린 억새처럼 성글다. 심한 체머리와 어둔한 발음 그리고 바스러질 듯 마른 체구로 할머니는 아흔의 생을 견디며 더하여 일흔의 삶을 챙겨주려 하신다.

이제 할머니가 근심거리를 놓아버리면 좋겠다. 수태를 하면서 시작된 모성본능은 아흔이 되어도 사윌 줄 모른다. 참으로 '징'하다. 할머니, 약 가지고 가세요. 또 한 번 큰 소리로 말하며 할머니의 때 묻은 손가방을 열고 약을 넣어드리니, 이기 뭐꼬? 하신다. 뭣 때문에 왔는지 까맣게 잊으신 게다.

할머니의 눈에 그렁하게 눈물이 맺혀있다. '아직 눈물이 남으셨어요?' 나는 속말을 한다. 머리가 흔들릴 때마다 꼬챙이처럼 마른 손가락들도 가늘게 떤다. 엄마, 어미, 어머니, 스무 살에서 아흔까지 할머니의 행복한 이름이었다. 또한 내 할머니 내 어머니의 것이었고 내 것이기도 한 아름답고 질기며 장엄하고 비장한 이름이다.

일어서는 할머니를 도와드리려 팔을 잡으니 하도 가늘어서 가슴이 아리다.

(2006.)

오후 네 시

오후 네 시

비가 조용히 아주 조용히 내린다. 아침부터 대기가 물기를 잔뜩 머금고 있더니 정오를 지나면서 대지를 촉촉이 적시는 빗물이 되었다. 몸이 무거운 건 습기 탓인가. 어깨에 내려앉는 피로의 무게가 느껴진다.

영주에 있는 부석사와 이름이 같은 쌍둥이 절이 충남 서산에 있다는 기사를 석간신문에서 읽는다. 의상대사가 지었고 절을 세운 연대와 선묘낭자의 설화까지도 같다는 기사를 읽는데 연달아 재채기가 난다. 알레르기, 이즈음이면 재발하는 증상이다. 봄을 알레르기로 앓는다.

오후 네 시

조금은 지치는 시간이다. 하루의 3분의 2쯤이 지나갔다. 두어 시간 후면 어스름이 내릴 터이고 그러면 일을 마치고 소파에 앉아 텔레비전을 보거나 독서등을 켜놓고 책을 읽을 것이다. 어둠이 이 세상의 구석구석까지 내려앉아서 창밖 풍경을 새까맣게 지우면, 허리가 아파서 더 이상 소파에 앉아있기 불편하거나 책을 읽던 눈이 까칠해져서 잠을 청하지 않을 수 없게 되겠지. 짧은 기도와 함께 나는 잠에 들리라. 오, 행복한 잠!

점심시간 그러니까 오후 한 시에서 두 시 사이에 문화예술회관에 다녀왔다. 벚꽃이 만개하여 두류공원을 온통 연분홍 꽃구름으로 덮고 있었다. 계단을 바쁘게 올라서 전시회장엘 갔다. 『가톨릭전례미술연구회』의 회원전이다. 나를 초대한 작가회장의 우아하고 역동적인 모습이 아름답다. 그의 환한 미소와 쾌활한 걸음걸이가 내게로 옮겨와서 기분이 좋아졌다. 물질로만 존재하던 질료들에서 예술작품을 창조해낸 자의 충만한 기쁨이 그에게서 뿜어져 나왔다.

어떤 작품 앞에서 오래 서 있었다. 세 점의 수채화로 하나의 작품을 이루었다. 가운데는 빛살이 둥글게 퍼져있는 태양의 형상 혹은 종교적인 아우라, 왼쪽에는 검은 바탕에 생명력이 넘치는 키 큰 해바라기를 흰색으로 그렸고. 오른쪽엔 흰 바탕에 시들어서 고개가 꺾인 해바라기를 검정물감으로 표현하였다. 왼쪽의 해바라기는 어둠 속에서도 빛을 잘 받아들여서 밝은 생명을 키웠고, 오른쪽 해바라기는 양지바른 곳에서도 어둠을 받아들여서 스스로를 시들게 하였다. 그렇게 누군가가 설명을 하고 있었다. 잠시 십자가의 예수와 두 도적을 생각했다.

작품은 예사롭지 않은 의미로 뇌리에 남았다. 고개 꺾인 해바라기 그림이 마음을 아리게 한다. 행여 내가 그런 모습은 아닐까. 석간신문을 읽는 시간은 그래서 늦어졌다. 충남 서산에 있다는 그 '부석사'에 꼭 한 번 가보고 싶다. 아랫돌과 뜬 돌, 서로 닿지 못한 채 천년을 견디고 있는 두 개의 큰 돌이 가슴 미어지게 하고, 선묘낭자의 애련한 연모가 스며있는 영주의 부석사를 좋아한다. 그래서 '부석'의 의미는 다소 다르지만 미지의 그 작은 부석사에도 가보고 싶은 것이다.

신문을 접고 창밖을 내다본다. 소리 없이 내리는 비에도 세상은 젖는다. 그렇듯 형체 없이 흐르는 시간도 개인사와 역사 그리고 풍화작용이라는 유형무형의 흔적을 남긴다. 도로가 번들거린다. 옛 동요에서처럼 '노란 우산 파란 우산 찢어진 우산'이 아니라 온갖 종류의 우산들이 지나간다. 우산들이 지나가는 길에서 비에 젖는 가로수 플라타너스를 바라보다가 문득 범어네거리에 서 있는 오백 년 수령의 은행나무를 생각한다.

아침에 동대구로를 지나오다보니 은행나무에는 다시 실가지가 나오고 그 가는 가지에 잎눈이 파릇하게 맺혀있었다. 또 한 번 고목은 혼신의 힘을 다해 잎을 밀어낼 것이다. 그 나무가 안쓰럽다. 나무는 오래될수록 귀한 것이어서 보호수로 정해지고 보살핌을 받는다. 내력이 적힌 돌비석을 발치에 세우고 있는 그 나무도 빈속을 시멘트로 채우고 여기저기 치료받은 상흔을 지니고 있다. 근근이 생명을 부지하고 있는 게다. 그 은행나무의 시간은 몇 시일까. 23시?

어쩌면 그보다 더 늦은 시각일까. 나무가 잠자고 싶어 할지도 모른다는 생각을 하면서 출근을 했다.

감기약, 위장약을 나누어주는 사이사이에 고흐가 동생 테오에게 쓴 『반 고흐, 영혼의 편지』를 읽었다. 마음이 너무 아파서 몸까지 아프게 된 친구와 좀 긴 통화도 하였다. 그렇게 오전을 보내고 숨 가쁘게 문화예술회관엘 다녀왔다. 석간신문을 읽었고, 은행나무를 생각했다. 일과 책읽기와 사람사이를 오가며 시간은 간단없이 흐른다.

그리고 오후 네 시

시간이 웬만큼 무게로 느껴진다. 내 생애의 오후 네 시, 내게 비추어졌던 빛과 이따금 드리워졌던 어둠 속에서 아름다이 살았다고 자신할 수는 없지만 애쓰며 살았다고 말할 수는 있지 않을까. 내가 지금 어떤 모습의 해바라기가 되어있는지 확연하지는 않지만 그게 나일 수밖에 도리가 없지 않은가. 지나간 시간은 이미 지나간 것이다.

오늘의 어스름과 깊은 밤을 예감하듯이 남은 날들을 헤아릴 수는 없으나 저 비처럼 조용한 오후가 내게 한동안 있었으면 좋겠고, 한유한 어스름이 좀 길게 남아있었으면 좋겠다. 마침내 밤이 깊고 깊어서 내가 잠자고 싶을 때 이불이 포근했으면 더욱 좋겠다.

(2006.)

그와 나의 오후 네 시

누군가 벽 쪽으로 몸을 돌려주면 등도 시원하고 머리도 맑아져 상쾌함을 느낀다. 벽을 향해 몸을 돌리는 이 시간이 나에게는 산길을 걷는 산책과도 같으며 마음을 어루만지고, 정신을 고요하게 가라앉히게 한다. 하루 가운데 마음의 문을 열고 나 자신을 돌아볼 수 있는 소중한 시간이다.

그가 쓴 〈오후 네 시〉란 제목의 산문에서 발췌했다. 볼 수 있는 두 눈과 들을 수 있는 두 귀와 느낄 수 있는 가슴이 남아있음에 감사하는 그는 전신마비장애인이다. 그는 오후 네 시를 그렇게 서술하고 있다. 오후 네 시가 되면 봉사자가 와서 그의 몸을 벽 쪽으로 돌려주고 베개로 고아준다는 것이다.

다섯 명의 중증장애인이 쓴 시와 산문들로 작품집을 만드는데, 어찌 연이 닿아서 교정을 보고 편집을 하게 되었다. 환자용 침대에 반듯이 누워서 스틱을 입에 물고 아치형으로 장치된 컴퓨터 자판을 자음 한 개, 모음 한 개 더디게

눌렀다. 썼다기보다 공들여 축조한 아름다운 구조물 같다고 해야 맞을 것 같다. 그는 스무 편의 시와 스무 편의 산문을 썼다. 특히 산문은 길게 썼다. 그 인내가 경이로웠다.

그런 그의 오후 네 시다. 누군가가 와서 자세를 바꿔주지 않으면 욕창이 생긴다. 한기가 들어서 이불을 좀 깊게 덮어달라고 했다가, 나중에 땀에 흠뻑 젖었는데 이불을 내리지 못해서 밤새 숨이 막혔다고 했다. 그런 그가 소중한 시간이라고 한 오후 네 시, 등이 시원하고, 머리가 맑아지고 상쾌하다는 그 시간, 산책을 하는 것 같은 시간이며, 자신을 돌아보는 시간이라는 그 〈오후 네 시〉를 제목으로 나도 몇 해 전에 수필을 썼었다. 그토록 소중한 그의 시간을 나는 대체 어떻게 서술했나.

점심시간에 문화예술회관을 숨차게 다녀왔다. 지인의 전시회가 있어서다. 그래서 석간신문을 읽는 시간이 늦어졌다. 석간신문은 충남 서산에 "부석사"란 절이 있다고 소개했고 나는 영주의 부석사를 좋아하는데 서산에 있다는 그 절에도 가보고 싶다고 썼다. 그 시각이 오후 네 시인 게다. 일과 책읽기와 사람사이를 오가며 조금은 지치고 무게가 느껴진다고 적었다. 하루의 3분의 2가 지나가버렸다. 어스름이 남아있고, 깊고 깊은 밤이 남아있다. 그 다음은 뻔하다. 내 인생의 시점도 오후 네 시가 된 것이며, 내게 평화로운 어스름이 좀 길게 남아있으면 좋겠고, 더하여 밤이 깊고 깊어서 잠을 잘 때 이불이 포근했으면 좋겠다는, 남은 시간에 대한 염원을 기술한 뭐 그런 내용이다.

또 하나, 지난 해 봄부터 '오후 네 시' 란 폴더를 만들어서 그 속에다 오후 네 시의 심상을 쓰고 있다. 시간은 간단없이 흐르는 것이므로 내 인생도 마냥 오후 네 시에 머물 수는 없을 터였다. 하여 더 늦지 않을 때, 아직 어스름이 많이 남아있을 때, 내 심상을 기록해두고 싶었다. 다소 피로하고 무게감이 얹히는 그 시간을 택해서 일기를 쓰는 것이다. 물론 정확히 지켜지는 건 아니다. 일을 하고 있거나, 비어있다 해도 그럴 마음이 아닐 수도 있는 것이니까. 이를테면 그 어름이란 뜻이다. 그렇듯 오후 네 시는 내게 나름대로 각별한 시간이다. 그토록 내가 의미를 부여하고 있는 그 시간을 제목으로 쓴 글이 눈에 확 들어오는 건 당연하다.

다섯 남자의 작품들을 읽으며 대체 왜 교정이란 걸 하고 있나. 맞춤법이, 문학적 완성도가 무슨 소용이랴. 언제 내가 이처럼 절절한 글을 쓴 적이나 있었던가, 따위의 생각을 했다. 누군가가 와서 몸을 돌려주는 그 시간의 그를 짐작이나 할 수 있는가. 그의 시간 앞에서 내 시간은 무색했다.

나의 오후 네 시는 정말이지 물색없는 감상에 지나지 않을 지도 모른다. 더 이상 일기를 쓸 수 없을 것 같아서 그만두었으나 해가 바뀌면서 다시 써야겠다는 마음이 생겼다. 생각해보면 누구나 제 자리에서 나름대로의 고통을 끌어안은 채 살아가고 있으며, 결코 녹녹치 않은 삶의 피륙을 자신만의 무늬로 힘겹게 직조하는 것이다. 모두에게 주어진 모든 시간은 그러므로 매우 가치 있는 것이다.

그러니까 온종일, 아니 일생을 누워서 지내야하는 그의 오후 네 시와 나의 그 시간이 닮은 데가 전혀 없는 것이 아니다. 그가 말했다. 자신을 돌아보는 시간이라고. 죄를 지을 기회조차 박탈당한 것 같은 그가, 기도와 성경공부 그리고 성경필사로 하루를 보내는 무구한 그가, 자신을 돌아보며 성찰을 한다. 내 어찌 지난날의 오류를 돌아보는 뼈저린 성찰의 시간을 갖지 않았으랴. 남아있을 어스름을, 깊은 밤을 준비하지 않을 수 있으랴.

오후 네 시 어름에 나는 일기를 쓰며 지금 그의 등의 시원하겠구나, 그의 마음이 산책을 하는 구나, 생각한다. 그와 나의 오후 네 시는 그래서 행복하며 동시에 절절하다.

(2011.)

하루

　신천에 잔물결이 이는 건 바람이 부드러워졌다는 얘기다. 도로 왼쪽 옹벽에 겨우내 들러붙어있던 줄장미 덩굴과 담쟁이덩굴에 언뜻 연둣빛이 보이는 것도 같다. 강 건너 '냇가의 수양버들' 늘어진 가지에 눈뜨기 시작한 잎눈들이 만들어냈을 푸른 끼가 느껴진다.

　오리들의 몸놀림, 백로들의 날갯짓도 편안해 보인다. 신천을 끼고 출근을 하고 퇴근을 한다. 이따금 텔레비전 화면으로 보여주는 '수달이 사는' 맑고 푸른 신천은 그 색감부터가 몹시 과장된 것이어서 헛웃음이 나올 지경이지만 그래도 도시에 살면서 흐르는 강물을 아침저녁으로 보고, 밤에는 창문을 통해 가로등불빛에 물든 강을 내다볼 수 있는 건 퍽 고마운 일이다.

　라디오에서 흘러나오는 음악을 들으며, 간간히 다루어지는 문학작품들(오늘은 근원의 "두꺼비 연적을 산 이야기"이다. 반갑다.)에 대한 진행자의 해설을 들으며 출근을 한다. 그 시간이 늘 짧지만 내게는 아침을 열어주는 햇살처럼 상쾌하다. 두통에 시달리다 깨어난 아침이면 머리도 몸도 천근이지만 신천을 지나면서 나는 다시 살아난다. 그리고 하루 일을 거뜬히 해낸다.

햇살이 더 가까워지면 장미덩굴에 새잎이 돋아나고 담쟁이가 옹벽에 새 옷을 입힐 테고 장미가 흐드러지게 피어서 옹벽을 온통 빨갛게 물들일 것이다. 그때쯤이면 장미꽃들 사이에 찔레꽃도 무더기로 피어서 나를 유년의 들녘으로 데려가곤 했다. 배롱나무에서 백일홍이 분홍빛깔로 오래 웃어대고, 꽃잎을 활짝 열고 길섶에 서 있는 색색의 접시꽃들도 눈을 떼지 못하게 한다. 철따라 온갖 꽃들이 연이어 피고 잇달아 지는 그 신천을 하얀 새, 까만 새들이 날아다닌다.

사람들, 자동차들이 그 곁을 기뻐하면서 혹은 슬퍼하면서 지나가고 있다. 어느 날은 신천이 밤새 몸을 씻어서 맑게 흐르고, 또 다른 날에는 도저히 볼 수 없을 만큼 많은 부유물을 보에 가득 담은 채 몸살을 앓으며 드러누워 있다. 신천은 자연이었으나 사람들이 인공으로 물을 갈아 넣는 시스템으로 만들었다. 모르겠다. 그게 어찌 더 좋다는 것인지.

무릇 인간의 생애가 그렇지 아니한가. 맑고 흐리며, 생동감이 넘치다가 좌절하고 절망하지 않는가. 신천이 나를 닮았고 우리를 닮았다. 이런 '나'와 저런 '나'가 다 '나'일 터, 내가 나를 버릴 수는 없으리니. 신천이 맑을 때는 덩달아

기분이 좋고, 악취가 날 때는 몸도 마음도 우중충하니 무겁다. 동고동락, 이 강이 점점 좋아진다. 건너 편 가로수에 야무지게 축조한 까맣고 둥근 까치집들을 하나 둘, 여섯 일곱, 세며 출근을 한다.

퇴근이다. 택시에 지친 몸을 부려놓는다. "신천동로로 가 주세요." "여부가 있겠습니까." 긴 숨을 천천히 소리 나지 않게 토해낸다. 그러고 나면 얼마간 피로가 가신다. 기사가 말을 시작한다. "천한 직업이지요." 너무 고단해서 대꾸하고 싶지가 않지만 말의 내용이 이런 것이면 무시할 수가 없게 된다. 왜 그렇게 생각하느냐고 물어보니 자기는 마부이며 인력거꾼이라는 대답이 돌아온다. 세상에 많고 많은 서비스업 중의 하나이며 기사님은 '프로'라고 내가 말을 보낸다.

아니요, 옛날 사대부는 지금도 고위관리로 군림하고 있으며 마부는 택시기사로 이름만 바뀌어 길바닥을 누빈다고 그가 말한다. 할 말을 찾지 못하겠다. 난감하다. 이쯤에서 그만두고 싶다. 고단하지 않은 생애가 있을까. 신귀족주의란 말이 회자되고, 권력과 금력이 지배하는 세태지만 어쩌겠는가, 나름대로 살아갈밖에. 가로등불빛이 자동차들과 사람들 나무와 신천을 비추고 있다.

내 자식도 나처럼 가난할 수밖에 없다고 그가 또 침묵을 깨기에 "그건 패배주의예요." 낮지만 단호하게 되쏘아준다. 그가 모르는 소리 말라고 반박하는데, "토요토미 히데

요시도 마부였어요."란 말이 나와 버린다. 정말 뜬금없다. 그 기분 나쁜 이름이 이 대목에서 왜 튀어나온 것인가. 그래서 어쩌라고? 그의 표정이 아마 그럴 것이다. 내 말은 그런 식으로 자신을 비하하면 우리는 '희망'이란 말을 대체 어떻게 설명하고 받아들여야하는가, 인데 더는 말할 수가 없다. 슬슬 짜증이 난다. 잊었던 두통이 막 지끈거리기 시작하는데 차가 멎는다. 그의 고단함이 내 고단함에 얹혀서 따라 내린다.

화장대 위에 있는 휴대폰을 연다. 부재중 전화가 여섯 통, 문자가 세 통 와 있다. 줄도 없는 전화기 저 편에서 상대방이 소통이 안돼서 답답했겠다. 밤이고, 저녁밥을 먹어야하고 쉬어야한다. 내일 전화하겠노라고 한 사람에게 문자를 남기고, 나머지는 꿀꺽 삼켜버린다. 이제 겨우 일을 마쳤는데 바깥으로 연결된 긴 줄을 다시 잡고 싶지 않아서다. 지금은 내 시간이다.

설거지를 하고 빨래를 개키고 씻고 잠옷을 입는다. 책 몇 쪽 읽을 시간이 남아있다. 침대에 누워서 독서등을 켜고 아프가니스탄 출신 작가가 쓴 아프가니스탄이 배경인 소설『연을 쫓는 아이들』을 읽는다. 이 나라는 왜 이다지도 처절하게 아픈가. 읽기는 하되 그 아픔을 나는 어쩌지 못한다. 독서등을 끈다. 내 잠든 사이 신께서 하루를 접으시리니.

(2012.)

길 3

흐린 날 정오쯤에 길을 나선다. 청도 방향이다. 차창으로 내다보는 산이나 들은 온통 신록천지이다. 복숭아, 대추, 자두, 포도, 감나무 과수원들을 끼고 가다가 자동차에서 내려 걸어본다. 뺨에 와 닿는 바람이 보드랍다. 대지에 핏줄처럼 잎맥처럼 이리저리 난 길들은 그때마다 다른 것을 보여주고 새로운 정감을 갖게 한다.

경산 지나는 어느 길목이다. 도로가에 밀밭이 있다. 밀밭을 가까이서 보는 것이 얼마만인지 기억도 나지 않는다. 다섯 살 아이 키만큼 자란 밀들이 바람에 일렁인다. 훈훈하고 푸근하다. 밭둑에 쪼그리고 앉는다. 그러다가 하얗게 부풀어서 금방이라도 바람에 흩어져버릴 것 같은 민들레의 동그란 홀씨봉오리를 본다. 밀밭, 민들레 홀씨, 그리고 토끼풀꽃, 도심을 벗어나 만난 자연의 은혜다. 바람 한 줄기 풀꽃 하나 놓치고 싶지가 않다. 나는 또 주체할 수 없이 풀꽃을 탐닉하여 좀처럼 발걸음을 떼지 못한다.

고속도로보다 국도가 좋고 국도보다 지방도로가 좋으며

지방도로보다 골목길이 더 좋다. 보이는 풍경, 잡히는 정경이 더 섬세해서이다. 음식점을 찾다가 커다란 나무 두 그루가 마을 들머리에 서있는 곳에 자동차를 세운다. 아름드리 나무를 고개 젖히고 올려다보니 우거진 나뭇잎 사이로 하늘이 조각조각 보인다. 나무둥치 아래 세워놓은 빗돌에서 닳고 닳아 희미해진 글자를 겨우 읽는다. 팽나무인데 당산나무이며 보호수로 지정되어 있다. 140년 수령이다.

나무는 거목이 되어도 고목이 되어도 저리 푸르게 살아가는데 인간은 짧은 한살이도 반쯤은 근근이 사는 것이구나. 문득 '나무의 삶이 인간의 삶보다 윗길에 있다.' 란 J선생의 문장이 생각난다. 과연 그런 것이구나. 나무의 삶이 인간의 그것보다 숭고한 것이구나. 나무밑동에 둘레로 앉혀놓은 돌 위에 앉아서 동네로 들어가는 골목길을 바라본다. 길은 조금 뻗어가다가 오른쪽으로 굽어지며 보이지 않는다.

고샅길 양쪽으로 낡은 집들이 이어져있다. 거무죽죽한 슬레이트 지붕을 조악한 블록담장이 에워싸고 있다. 띄엄띄엄 서있는 전봇대들과 거기서 나온 전깃줄들이 다소 흉물스럽게 느껴진다. 골목 저쪽에서 누런 개 한 마리가 어슬렁어슬렁 걸어오고 있다. 겁이 난다. 긴장감을 높이고 있는데 돌아서더니 길 끝으로 사라진다. 어째 좀 섭섭하다. 누렁이(?)가 사라진 그 너머를 가보고 싶다는 충동이 생긴다. 골목을 걸어 들어간다. 어찌 이다지도 조용한가. 연기가 나지 않는 함석 굴뚝들조차도 적막해 보인다.

삐이익~ 오래된 나무대문이 열리더니 연로하신 할머니 한 분이 나오신다. 지팡이를 짚고 찌푸린 하늘을 올려다보신다. "비가 온다요?" "비 온다고 했어요, 할머니." "그러믄 안 나가야 될따." 몸을 돌려 문을 밀고 들어가신다. 잔뜩 흐린 날 오후에 어느 조용한 마을에서 오래 사신 할머니를 만났는데 하도 잠깐이어서 참 많이 아쉽다.

대문 안은 어떨까. 작은 꽃밭이 있고, 그 옆에 서있는 수도꼭지 아래에는 물이 반쯤 담긴 고무함지박에 하늘색 플라스틱 바가지가 떠있겠지. 농기구를 걸어놓고 세워놓은 헛간도 있을 거야. 문을 밀고 들어가서 요기를 부탁드려볼까. 그러면 상추에 된장, 풋고추와 밥 한 그릇을 둥근 알루미늄 밥상에 얹어서 내어 오실까. 아니 연로하시니까 내가 할머니의 부엌에 들어가서 이것저것 찾아내서 할머니께 진지를 차려드리겠다고 말씀드려볼까. 온갖 생각들을 다하다가 발길을 돌린다.

길 끝머리에 와서 멈춘다. 오늘은 가기보다 쉬기를 더 많이 하는 것 같다. 다시 팽나무 아래 앉아서 방금 본 할머니 생각을 한다. 이십 년이나 삼십 년 후엔 나도 그런 모습일 테지. 그 세월동안 얼마나 더 많은 일들을 겪게 될까. 너무 많이 쇠잔해서 애잔하고 또 그만큼 늙어서 편안해보이기도 하는 할머니의 잔상을 떠올리면서 한참을 앉아있다. 비가 올라나? 하고 하늘을 올려다보다 낯선 여자에게 한마디 물어보고 이내 돌아서버린 할머니, 그 단순함과 편안함에 나도 이를 수 있을까.

지난하지 않았다 해도 이만큼 살아오기 팍팍하였다. 할머니의 한 생도 다르지 않았으리. 그 집의 툇마루에 앉아서 할머니의 빈 눈을 들여다 볼 수 있었으면 참말로 좋았겠다. 말씀 한마디 없어도 좋았으리. 인생의 온갖 고락을 인고해 낸 한 여인을 읽어내면서 형언할 수 없는 외경을 느꼈을 테니까. 나무를 올려다본다. 나무의 키는 아득하여 우듬지가 잘 보이지도 않는다. 가지는 시커멓게 튼실하고 잎사귀들은 짙푸르게 우거졌다. 나는 조그맣고 할머니는 더 조그맣다.

비가 내리기 시작한다. 오늘은 예서 돌아가야겠다. 와이퍼가 지워내는 뿌연 창으로 내다보는 세상은 파스텔 톤으로 푸르다. 윗목에 앉아 마당으로 난 창호를 열어놓고 비를 바라보고 계실 할머니를 생각하며 여기서 저기로 이어진 길을 가고 있다.

(2007.)

길 4

금호강물은 낮아서 바닥을 내보였고 강변의 갈대는 허옇게 무성했다. 눈발이 하나씩 보이나 했더니 갑자기 자우룩하니 밀도가 높아졌다. 눈이 많이 내리는 날 길을 떠난다. 산기슭까지 내려왔던 봄을 꽃샘바람이 다시 산속으로 쫓아보냈다. 시야를 하얗게 가리는 눈이 길 떠난 사람에게 약간의 불안을 떠안기기는 하지만 한 해나 더 있어야 만날 것이어서 귀히 여기며 내다본다.

눈은 멈췄다 일순 먼지처럼 부옇게 일어나기를 거듭한다. 길이 몹시 거칠다. 88고속도로, 그 이름이 몹시 민망하다. 자동차바퀴는 재채기하듯 기침하듯 정신없이 쿨렁거린다. 눈보다 이게 더 불안하다. 눈앞에 다가오는 길을 바라보니 흥부의 적삼처럼 누더기다. 관계자들을 맹비난하면서 자동차는 간다. 길이란 어떻게든 가야하는 게다. 합천터널을 지나고부터 길이 좀 나아졌다. 휴, 땜질한 냄비 같고 각설이의 저고리 같은 길은 얼추 통과한 것 같다.

왕복이차선고속도로는 그러나 여전히 고속도로의 풍모

를 제대로 갖추지 못한 채 끊임없이 경고만 해댄다. 구석구석에 빨갛고 노란 경고판을 세워놓았다. 제한속도, 과속주의, 갓길 없어짐, 졸음주의, 등등을 내비게이션 여자는 지치지도 않고 재잘거린다. 거듭되는 경고판들을 지나치고, 그쳤다 내렸다 를 반복하는 눈 속을 차는 달린다. 눈으론 경고판을 읽고 귀로는 내비게이션의 말을 들으며 나도 때맞춰 잔소리를 보탠다. "속도 줄여요." "갓길 없어지네요." 긴장감이 고조되면서 말의 강도가 세어진다. "거 참! 밖이나 보소." 남편의 말에 짜증이 얹힌다.

그래 풍경을 감상하며 편안하게 가자. 도로 탓 그만하자. 문득 "느리게 가면 더 많은 것을 더 자세히 볼 수 있다."는 말이 생각난다. 아직 푸르지 않지만 곧 푸르게 될 산들을 내다본다. 나무들은 산을 붙잡고 산은 나무들을 껴안고 겨울을 보냈구나. 산은 늘 거기에 있고 길도 언제나 그 사이로 나 있다는 불변의 진실이 위안이 된다. 내가 어디에 있든 산과 들판과 길은 항구하게 그 자리에 있다. 나는 지나간다. 그 길이 어떠하든 지나가야 한다. 그게 길 떠난 자의 속성이다. 어딘가에 도착해야하고 또 떠나야하는.

함양터널, 그래 언제나 터널이 있었지. 어둠침침하고 밖이 보이지 않고 출구가 좀처럼 나오지 않는 터널. 그러나 그건 터널에게 뒤집어씌운 나쁜 이미지다. 지금 지나고 있는 터널은 전등불빛으로 훤하게 밝고, 차선을 선명하게 그려놓았으며, 모두들 적어도 시속 80km 이상으로 달리고 있으므로 금방 출구를 보게 된다. 터널에게 덧씌운 컴컴한 동굴의 이미지를 벗겨라. 사람의 한살이에서 숙명적으로 거쳐야하는 터널들도 이 터널들을 본으로 삼아야지. 터널은 길지 않다. 그러니 곧 끝난다. 다만 조금 신중하게 지나가라. 그 속에서 다른 욕심은 내지마라. 조금 빨리 벗어나려고 조급하게 차선을 바꾸면 동티가 난다.

부귀터널, 소양터널, 정말이지 터널이 많다. 옛날처럼 고개고개 넘지 않고 곳곳에 굴을 파서 우리는 최대한 직선으로 달린다. 우리네 삶이 빨리 가지 않고는 안 되게 되어버렸다. 양쪽에 낮은 산들이 보이고 그 기슭에 터를 잡은 촌락도 보인다. 그곳이 어디든 사람들이 살고 있어 또한 위안이 된다. 대지가 있고 하늘이 열려있으며 길이 있으면 다 사람 사는 곳이 된다.

햇살과 눈과 터널, 오르막내리막과 급커브 그리고 거듭되는 경고판들이 길에 있다. 어딘가에 닿기 위해 그 길을 간다. 길은 그게 아무리 험하다할지라도 언제나 희망을 내포하고 있다. "전주" 이정표가 나오고 고속도로 출구가 보인다. 전주다. 낯선 도시 전주, 그 이름이 고전적이고 격조 높다. 아시다시피 유구한 역사를 지닌 도시가 아닌가. 낯설지만 낯설지 않은 우리 모두가 태어나서 자란 마을 같지 않은가.

좌회전, 우회전, 직진, 유턴을 몇 번인가 거치니 저만치 아들이 서서 손을 흔든다. 전주에서 인생의 한 고리를 꿰기 시작한 아이가 밝게 웃는다. 먼 길, 쉽지 않은 길을 걸어서 이제 그 길 위에 굳건히 두 발을 디딘 아이를 만난다. 길은 어디에나 있고 모든 길은 서로 닿아있다. 길은 결코 끊어지지 않으며 길이 있는 한 희망도 있는 것이다. 하여 그 길이 어떻게 놓여있든, 그 길에서 만나게 될 것들이 무엇이든 기꺼이 걸어 가야하는 것이다.

(2012.)

은해사 가는 길

저 하늘 어디쯤에서 빗물을 채로 쳐서 내려 보내는가보다. 고운 가루비가 내린다. 빗방울의 가는 입자가 빼곡히 내려앉은 차창으로 바깥을 내다보며 간다. 자동차는 서행중이다. 흐린 날 내다보는 풍경은 서정적이다. 나는 운전을 하지 못하기 때문에 언제나 조수석이나 뒷자리에 앉게 된다. 하여 자동차 안에서 항상 자유롭다. 풍경에 마음을 빼앗기기도 하고 근심에 묻혀있기도 하며 이런저런 상념에 젖기도 한다.

야트막한 산길을 지나가고 벼가 익어가는 들길을 지난다. 바깥풍경을 내다보고 있는데 간판 하나가 눈에 들어온다. '하늘 담은 호수', 찻집이다. 새털구름 유유히 흐르는 푸른 하늘이 담긴 호수를 그려본다. 세련된 디자인의 간판만 보일 뿐 찻집은 보이지 않는다. 하늘 담은 호수, 주인이 화가이거나 시인일 게다. 그렇지 않고서야 어찌 저런 이름을 붙일 수 있겠는가. 언제 한 번 가보아야겠다. 그윽한 향기 감도는 찻집 마당에 작은 연못이 있을지도 모른다. 거기서 기품 있는 주인이 가져다주는 차를 오래 음미하고 싶다.

자동차는 멈추지 않고 이내 다른 풍경을 만들어낸다. 찻집 이름에 빼앗긴 마음이 채 돌아오지 않았는데 많은 간판들이 다가오고 지나간다. '들꽃처럼', 아래 '오솔길을 걸어서 들어오세요.' 란 작은 글씨가 붙어있다. 오리구이집이다. 모텔 '꿈의 궁전', 부동산 '땅, 땅, 땅' 김 소장의 휴대폰 번호가 적혀있다. 간판을 읽기 시작하니 재미가 있다. 갈비집 '석류가든', '취선당 애기씨' 는 점집인가 보다. 사찰음식 '죽비' 참 그럴듯하다. 한때 세상의 이목을 모았던, 소원을 들어준다는 '돌 할머니'가 놓인 곳도 안내되고 있다.

누군가가 붙인 아주 멋있거나 꽤 괜찮거나 기발한 상호들을 읽으며 삶의 여러 양상들을 생각해본다. 그 겉과 속이 같을 수도 있고 엄청나게 다른 이면도 있을 수 있는, 그 이름들 뒤에 사는 사람들을 생각해본다. 그들의, 행복하거나 혹은 몹시 고단한 삶을 생각하며 가고 있다. 내 이름 뒤에 있는 '나'를 돌아보며 은해사로 가고 있다.

절로 들어가는 길은 젖어있다. 보슬비 그치고 다만 흐리다. 숲길을 천천히 걷는다. 길은 조용하다. 오래된 굴참나무 아래서 잠시 걸음을 멈추고 키 큰 나무의 우듬지를 올려다보다가 다시 걸으려니 흰나비 한 마리가 허리쯤에서 난다. 나비의 하늘거리는 날갯짓을 따라가던 눈길은 건너편 풀숲에서 그것을 놓치고 만다. 철지난 매미소리를 들으며 조금은 숨 가쁘게 걸어간다. 사랑나무, 표지판 앞에 선다.

연리지(連理枝)다. 두 그루의 나무를 대강 휘둘러보고 다시 꼼꼼히 본다.

연리지를 소재로 쓴 사랑시를 읽었던 기억이 난다. 나무를 보기로는 처음이다. 느티나무의 맨 아래 가지 하나가 45° 각도로 위로 뻗으며 참나무의 원줄기에 접목되어 있다. 느티나무가 참나무에 몸을 의탁한 듯싶다. 100년 수령이란다. 느티나무의 수피는 무늬가 있는 듯 없는 듯 잔잔하고 참나무의 수피는 거친 세로무늬이다. 두 나무는 아주 튼실해 보인다. 두 나무가 너무 가까이 있으면 한 나무가 죽게 된다고 한다. 그래서 공생을 도모한다는 독특한 생태, 그것을 사람들은 사랑이라 부른다. 연인의 사랑, 부부애, 그렇게 설명되어있다.

'왼쪽으로 돌면 아들을, 오른쪽으로 돌면 딸을…' 표지판에는 또 이런 말이 씌어있다. 딸아이를 데리고 온 젊은 부부가 다가오더니 표지판을 읽는다. 남편이 아내에게 손을 잡고 돌자하니 아내는 웃으며 뒷걸음을 친다. 젊은 남편이 혼자 돌기에 "같이 돌아야지, 혼자 돌면 소용없어요." 참견을 하고 만다. 아내가 배시시 웃으며 손을 잡더니 왼쪽으로 한 바퀴 돈다. 무에 그런 신통력이 있으랴마는 속설에 마음을 기대는 모습이 밉지가 않다. 그런 소망에서도 한참 비켜서있는 나는 그들을 바라보며 말참견이나 한다.

하늘로 쭉쭉 번은 소나무들, 참나무들, 느티나무들의 비에 젖은 냄새를 즐기며 또 걷는다. 계곡에는 맑은 물이 흐른다. 그 물 한 줄기 가슴속으로 들어온다. 마음이 맑게 갠다. 돌다리 앞에까지 왔다. 다리가 시작되는 곳에 오래된 돌이 서있고 거기에 이렇게 적혀있다, '大小人下馬處'. 벼슬아치거나 백성이거나, 그 누구라도 정토에 발을 디디려면 말에서 내려 몸과 마음을 낮추어라. 그런 뜻일 게다.

'하늘 담은 호수'가 대표하는 상호들에 내재되어 있을 삶의 온갖 양상들, 너무 여려서 애련하던 흰나비의 날갯짓, 그리고 생명을 나누고 있는 두 그루의 나무를 다시 생각한다. 더러는 비루하지만 대개는 치열하고 고결하며, 가벼워 보이나 진지하고, 고단하지만 따뜻하다. 수천수만의 삶, 그 외양과 내용들을 가늠해본다. 의미 없는 삶이 어디 있으며 절절하지 않은 생명 또한 어디에 있으랴.

다리를 건너기 전에 우선 신발에 묻은 흙을 털어내야겠다.

(2006.)

자유로운 영혼, 떠도는 영혼

　모래톱에 맨발로 섰다. 바지아랫단을 접어 올렸다. 칠흑의 바다를 향해 가슴을 펴고 심호흡을 하였다. 칼바람이 폐부를 찢는 것 같았다. 그래, 해보자! 자못 결연한 마음이었다. 춤을 추자. 조르바처럼 춤을 춰보자. 무게를 털어내자. 신명을 내보자. 덩실덩실, 풀쩍풀쩍. "그렇지! 그렇게 하면 되는 거요. 당신은 바보가 아니군 그래." 조르바의 호쾌한 목소리가 들리는 것도 같았다.

　한동안 니코스 카잔차키스와 조르바에게 경도되어 있었다. 그즈음의 어느 날, 바닷가에서 밤을 맞았다. 잠자리에 들었는데 바람이 연신 창문을 흔들며 나를 불러댔다. 어둠이 우스꽝스런 내 모습을 가려 줄 것이라 여기며 나섰건만, 겨울 밤바다의 냉기에 어설픈 몸짓은 금방 끝이 나고 말았다. 무게를 털어내는 일, 그 언저리에도 닿지 못했다.

　『그리스인 조르바』의 핵심은 '메토이소노' 즉 '거룩하게 되기(聖化)'이다. 이 책을 처음 읽었을 때 나는 미처 '성화'를 읽어내지 못하고, 자유의 어렴풋한 개념만을 겨우 알아들었다. 자유, 무게를 털어낸 뒤의 자유, 생각만 해도 가슴이 뛰었다. 한 번 더 읽으며 '거룩하게 되기'를 보게 되었고, 그게 같은 말이란 걸 깨닫게 되었다. 참으로 아득하였다.

독일에 있던 작가에게 러시아로부터 조르바의 사망소식이 날아온다. '나는 과거를 현재로 재현시키고 조르바를 기억해내어 실체 그대로 소생시키면서 미친 듯이 써내려갔다.' 그 미친 듯이 써내려간 것이 소설 『그리스인 조르바』이며, 카잔차키스가 크레타 섬에서 조르바와 함께 갈탄광 사업을 하며 보낸 몇 개월간의 이야기가 그 내용이다. 그러니까 조르바는 실존인물이며 작가자신이 화자인 일인칭소설이다. 자유로운 영혼 조르바와 떠도는 영혼 카잔차키스를 동시에 만나면서 나는 유쾌한 시간을 보냈다. 카잔차키스의 마음으로 조르바를 경외하고, 건달 조르바의 가슴으로 별수 없는 '먹물'인 카잔차키스를 사랑하며 내적인 열락을 맛보았다.

카잔차키스는 다른 양식의 삶을 시작하려고 크레타 섬으로 향하는 배를 탄다. 문고판 단테를 읽고 있는데 '두 개의 눈동자가 내 정수리를 꿰뚫고 있는 것 같은 느낌'에 고개를 드니 거기 조르바가 있었다. '나와 조르바가 처음 만나는 장면이다.

키가 크고 몸이 가는 60대 노인, 불길 같이 섬뜩한 강렬한 시선, 움푹 들어간 뺨, 튀어나온 광대뼈, 잿빛고수머리, 살아있는 가슴, 푸짐한 언어를 쏟아내는 입, 위대한 야성의 영혼, 모태인 대지에서 탯줄이 떨어지지 않은 사나이 등등으로 조르바를 묘사하였는데, 마치 살아있는 조르바를 마주보고 있는 것 같았다. 아버지의 영혼이 화평하시기를~, 하느님이 그 영감의 무덤을 돌보아 주시기를~ 같은 괄호 안 문장들은 무슨 후렴구나 추임새처럼 리듬감이 있었다. 금욕주의자인 '나'와 욕망의 불덩어리 조르바의 대화, 심심찮게 끼어드는 유머와 페이소스가 나를 묶어버렸다. 한 문장도 버릴 수 없었다. 언어의 향연, 문학적 희열을 만끽한 것이다.

전혀 다른 두 유형의 인간이 서로 깊이 교감한다. 이는 전체를 관통하는 주제와 맥을 같이 한다. '보이는 것과 보이지 않는 것, 육체와 영혼, 물질과 정신 같은 상반된 개념의 임계상태'를 넘어서야 자유(해탈)를 얻을 수 있고 거룩하게 될 수 있다. 조르바는 크레타혁명에 참가해서 온갖 만행을 저지른 후에 찾아온 이른바 자유란 것에 지독한 회의를 느낀다. 거기서 자유의 참의미와 인간에 대한 연민을 체득하게 된다. 그는 사람은 물론 동물이나 사물에게도 영혼이 있다고 생각한다. 하여 존재하는 모든 대상 특히 여자를 불쌍히 여기고 사랑한다. 그게 상스러운 조르바의 성스러움이다.

또 한 남자 카잔차키스, 원고나부랭이와 잉크로 더럽혀진 종이에 '인생을 내박쳐'두고 있는 '나'는 갈데없는 책벌레다. 조르바가 갱도를 파 들어가는 동안 카잔차키스는 '나

역시 나의 갱도를 파 들어갔다. 나는 하루 종일 썼다.'고 서술한다. ('하루 종일 썼다'에 나는 매료당했다.) 그는 그리스도교적신앙과 불교적세계관을 가지고 있다. 신성모독이라 해도 좋을 내용과 표현이 없지 않지만, 또한 여러 대목에서 하느님의 자비를 드러내고 있다. 그는 또 부처에 심취하여 불경을 베껴 쓰기도 하는데, 최후의 인간은 부처라는 깨달음에 이르게 된다.

'하느님과 회사의 이익, 과부가 머릿속에 아무런 모순 없이' 섞여있는 조르바와 부처를 지향하는 카잔차키스의 아름다운 동거는 갈탄광 사업이 실패로 돌아가면서 이별을 맞게 된다. 그날 밤 해변에서 조르바는 절정에 이른 춤을 춘다. 카잔차키스는 그 춤을 '무게를 극복하려는 인간의 처절한 노력'으로 인식한다. 그 시간 카잔차키스도 마침내 무게를 털어내게 된다. 무게를 털어내는 일, 그것이 자유이고 성화(聖化)인 것이다.

언젠가 어느 해변에서 십여 년 전 그 밤처럼 조르바를 흉내내보고 싶다. 열정적으로 춤추는 나를 또 다른 내가 흔연히 바라볼 것이다. 내 안에 조르바와 카잔차키스가 혼재한다. 하지만 그들처럼 내가 무게를 털어낼 수 있을 것 같지는 않다.

(2010.)

시 그리고 윤정희

햇살이 부서지는 강변에서 소년들이 뛰어놀고 있었다. 평화였다. 하지만 카메라는 이내 검은 강물을 비추었다. 한낮의 강물이 시커멓게 주름진 물무늬로 클로즈업되었을 때 불길한 예감이 들었다. 문득 눈을 든 소년의 눈에 떠내려오는 여자의 시체가 보인다. 그게 무엇인지 소년은 미처 인지하지 못한다. 숨이 멎을 것 같은 찰나, 화면 속 소년과 관객은 동시에 사태를 파악한다. 평화가 와장창 깨진다.

영화 〈시〉는 그렇게 시작된다. 그러한 정황과 전혀 따로 놓여있는 듯, 미자가 문화센터 '시 창작교실'을 기웃거리는 것으로 영화는 다른 각도에서 다시 열린다. 미자는 예순여섯 살이고 고등학생인 손자와 살고 있으며 알츠하이머 초기증상을 갖고 있다. 낡고 비좁은 집에서 누추하게 살면서도 예쁜 모자와 세련된 옷차림으로 모양도 내는 찌들지 않은 순진함을 드러낸다. '시 창작교실'에 마감이 지나서 등록하고 강의시간에도 지각을 하며, 뜬금없는 질문을 해서 맥락을 끊는가하면 혼자 중얼거리기도 한다. 목소리도 들뜬

듯 톤이 높고, 속없이 웃기도 잘한다. 전혀 심각하지가 않다.

이런 미자와 영화가 시작되면서 보여준 그 끔직한 장면을 대체 어떻게 연결 지을 수 있겠는가. 그것은 그러나 어느 날 불쑥 미자 앞에 나타난다. 미자의 손자와 그의 친구들이 여학생에게 집단성폭행을 범했다. 영문도 모르고 따라간 가해자부모들의 모임에서 미자는 그 경악할 내용을 도무지 알아듣는 것 같지가 않다. 아버지들이 앉은 방에서 빠져나와 화단의 맨드라미를 고뇌 없는 얼굴로 들여다보다가 맨드라미꽃이 피같이 붉다고, 꽃말이 방패라고 말한다. 피와 방패, 폭력과 그것으로부터 자신을 지키려는 인간본능의 은유려니.

감당할 수 없는 사태 앞에서 아무 것도 입력되지 않은 것 같은 미자의 표정이 압권이다. 그런 채로 시를 쓰겠다고 여기저기를 다니며 생각나는 대로 긁적이는 미자를 윤정희는 그 어떤 절규나 울음보다 더 절절하게 연기한다. 수필적으로 표현하면 윤정희는 내포화자인 미자를 온몸으로 말한다. 완전한 육화(肉化)다.

피해자의 어머니를 만나러가서 살구가 이렇고 저렇다 한다. 그렇듯 일상적인 말 몇 마디와 실없는 웃음만 보여주고 정작 해야 할 말은 잊은 것 같던 미자가 소나기를 두들겨 맞으며 하염없이 앉아있다. 창작교실에서 만난, 음담패설을 해대서 '저질'이라고 경멸했던 형사 앞에서 미자는 처음으로 소리 내어 운다. 자기에게 할당된 여학생의 목숨 값(?) 오백만원을 마련하기위해 병든 노인과 욕조에서 섹스를 하는 미자의 얼굴이 하도 덤덤해서 관객이 오히려 처참하다.

자신이 저지른 일에 대해 전혀 무심한 손자와 아들의 죄를 단지 돈으로 갚고 덮어버리려는 뻔뻔한 아버지들 사이에서 별다른 저항이 없어보이던 미자는 마침내 시 "아녜스의 노래"를 완성한다. 미자는 죽은 여학생이 걸었을 길을 걷고, 몸을 던졌던 다리 위에 서서 강물을 내려다본다. 그러다가 모자를 떨어뜨린다. 모자는 미자다. 영화의 마지막은 이렇다. 여학생과 미자가 걸었던 길을 카메라만 간다. 카메라가 검푸른 강물을 비출 때 거기에 미자가 없다. 관객이 가슴을 쓸어내리는 순간이다.

문학을 생각한다. 수필을 궁구한다. 이창동감독은 소설가다. 장면과 대사에 군더더기가 거의 없다. 메시지는 행간에 숨겼다. 하여 고도의 함축미를 보여주고 있다. 영화의 시작과 끝에 카메라가 비춘 검은 강물, 또 영화의 앞뒤부분에 마치 아무 일도 일어나지 않았다는 듯이 배치한 배드민턴 치는 장면은 내용과 형식 두 가지 측면에서 수미상관이다. 맨드라미꽃·배드민턴·모자 등의 소재들, 전체를 관통하는 사건, 시(詩)같은 제재들이 모두 상징성을 띠고 있다. 밀도 높고 탄탄하다.

감독과 배우는 절제를 최대치로 끌어올렸다. 고뇌는 깊고 처절하였으나 쉬이 내비치지 않는다. 여학생의 아픔과 죽음, 그 비통함을 다 뱉어버리고는 결코 "아녜스의 노래"
란 시가 나올 수 없는 게다.

폭력에 무감각한 인간을 준엄하게 꾸짖는 영화 〈시〉, 그
럼에도 불구하고 인간의 숭고를 전율이 일도록 보여준 영
화〈시〉, 거기에 배우 윤정희가 있다. 수백 번 내 글의 화자
가 되었던 나는 무얼 말했던가, 얼마나 헐거웠던가. 〈시〉
그리고 윤정희를 잊을 수 없을 것 같다.

그곳은 어떤가요 얼마나 적막하나요/ 저녁이면 여전히
노을이 지고/ 숲으로 가는 새들의 노래소리 들리나요/ 차
마 부치지 못한 편지 당신이 받아볼 수 있나요/ 하지 못한
고백 전할 수 있나요/ 시간은 흐르고 장미는 시들까요

나는 당신을 축복합니다/ 검은 강물을 건너기전에 내 영
혼의 마지막 숨을 다해/ 나는 꿈꾸기 시작합니다/ 어느 햇
빛 맑은 아침 깨어나 부신 눈으로/ 머리맡에 선 당신을 만
날 수 있기를
　　—"아녜스(Agnes)의 노래" 1, 4 연

(2011.)

김순분 아지매의 비닐봉지

국지성호우가 있겠다는 예보가 있었다. 실제로 나라의 곳곳에 말 그대로 국지적으로 폭우가 내리고 있다. 워낙이 다른 곳에 비가 많이 내리니 거들지 않을 수 없었던가. 비 없기로 유명한 이 지역에도 비가 많이 내린다.

빗물막이 차양 속에서 뒤꼍의 나무들을 바라보고 있는데, 단풍나무 높은 가지에 검정비닐봉지가 걸려서 비바람에 사정없이 휘둘리고 있다. 잎이 한창 무성한지라 그렇듯 온몸을 찢으며 펄럭이지만 벗어날 가망이 영 없어 보인다. 그 무생물이 불현듯 생물로 보인다. 생물이 아니라도 그렇다. 어딘가에 걸려서 제 살을 찢고 있는 걸 보는 건 여간 불편하지가 않다. 불편한데, 고통을 덜어줄 방도가 없다. 가지는 높고 비는 세차게 내린다. 항상 그랬다. 타자의 고통은 내게서 멀리 떨어져있었고 그 떨어져있음에 한편으로는 안도했다. 아무 것도 하지 않아도 되니까.

비닐봉지는 아직은 지치지 않은 초록이파리들과 함께 비바람에 마구 흔들리고 있다. 비닐은 지금 까무러쳐 있다.

혼절한지 한참인, 용도폐기 된 그 까만 비닐봉지는 속속들이 젖었고 주름졌으며 흙먼지가 누렇게 끼어있다. 그런 정황이 낯설지가 않은데 새삼스레 마음이 저리는 까닭은 무엇인가. 비 탓인가. 그것의 한 생애는—생애라 할 수 있을까?—여기서 끝이 나는가. 뭔가가 자꾸만 필요해진 인간에 의해서 대량생산된, 몸값이 그야말로 싸구려인 그것, 그래서 함부로 쓰고 함부로 버리는 보잘 것 없는 존재인 저 비닐봉지는 대체 어디서 왔을까.

건너건넛집 김순분 아지매가 고등어 몇 마리를 사들고 와서, 마당의 수도꼭지 앞에서 손질하고 있었다. 다듬은 고등어를 씻어서 냄비에 담고 무와 양파와 대파도 씻어서 큰 양푼에 담아서 무심히 부엌으로 들어갔다. 부엌에서 고등어찌게가 끓는 동안 비닐봉지는 잊혀졌다. 처음에는 마당에서 휘휘 저공비행을 하였다. 그러다가 세찬 바람이 한 줄기 후려치니 엉겁결에 그 바람을 한입 가득 물고 팽팽해졌다. 팽창하는 순간 몸은 티끌처럼 가벼워져서 '높이곰' 솟았다. 바람몰이 속에서 혼이 다 달아난 그것이 당도한 곳이 바로 단풍나무 가지였던 것이다. 그렇게 한참을 나부끼고 있었던 것인데 국지성이란 이름의 폭우가 내린 것이고 가뜩이나 젖은 몸의 손잡이 께가 가지에 걸렸으니 그뿐, 어쩌겠는가.

뱃속 가득 뭔가가 담겨지고 누군가에 의해 옮겨져서 품은 것을 고스란히 내 준 순간 바로 버려진다. 마침내 초췌

하고 견줄 데 없이 남루해져서 아무렇게나 내박쳐지는 그 것은 그러나 썩지 않는다는, 오염이라는 오명을 쓰게 된다. 오염이라니! 전혀 의도한 바가 아니다. 만들고 쓰고 버린 건 사람들이다.

폭우 속에서 검정비닐은 썩지도 않는 몸으로 생을 마치 고 있다. 그 태생이 이미 역리였으니 흙으로 돌아가는 순리 를 끝내 알지 못한다. 그것이 가뜩이나 꼴이 말이 아닌데 비바람이 점점 거세지고 있다. 가련하다. 그것을 저 가지에 서 걷어내어 편안하게 해주고 싶은데 하릴없다. 그것의 최 대 비참은 "불멸"일지도 모른다. 사멸하는 것이 얼마나 큰 복락인지를 알지 못한 채 생을 마치니 불쌍타. 생을 마쳤다 고는 하나 그 잔해를 거둬줄 이 없으니 더욱 불쌍타.

이제 곧 어두워질 테지. 어둠이 켜켜이 쌓인 캄캄한 밤 에, 사람들이 다 제 집으로 돌아가 깊이 잠든 밤에, 검정비 닐은 숨이 멎은 채로 여전히 시커먼 나뭇가지 끝에서 펄럭 이겠지. 길고 험했던 밤이 물러나고 거짓말처럼 맑은 하늘 이 열려서 비닐봉지의 젖은 몸은 마르겠다. 남은 바람이 건 듯건듯 나뭇가지를 털다가 우연히 검정비닐을 지상으로 떨 어뜨릴 수도 있겠다.

뭐가 남았을까. 비닐은 쓰레기통에 들어가고 분류되어서 저들끼리 태워지든가 땅에 묻히든가 아니면 재생이란 공정 으로 다시 태어나든가. 무엇이 좋을까. 재생? 그것이 새 몸 이 되어서 시장에 나간 김순분 아지매의 손에 다시 들려지는 게 가장 좋을 것인가. 그래서 또 버려지고 비바람을 맞아서……. 여기까지만 하자. 악순환은 싫다. 고등어를 담기 전의 새 비닐- 폭우 속에 버려진 폐비닐- 산뜻하게 환생한 새 비닐, 그게 좋겠다. 그래야 내 맘이 그나마 편하겠다.

한갓 폐비닐이 불쌍하고, 불쌍한 것들이 넘치고 넘쳐서 마침내 얼음덩이를 놓치고만 북극곰은 더 불쌍하다.

(2012.)

자정

깊은 밤에 혼자 깨어있기를 좋아한다. 가족이 다 잠든 적요한 시간에 홀로 있음이 좋아서이다. 홀로 있으면 쓸쓸하지만 동시에 한없이 충만하다. 시간과 공간을 오롯이 혼자 차지하고 있다는 넉넉함이 있기 때문이다.

모파상의 『여자의 일생』을 읽다가 접어두고 이 글을 시작한다. '삶이란 생각만큼 좋지도 나쁘지도 않다.' 오래 전에 읽은 이 소설에서 유일하게 기억하고 있는 문장이다. 동감이다. 한 사람의 개인사를 되돌아보면 그다지 평탄하지도 몹시 신산하지도 않았다는 생각을 하게 마련이다. 좋지도 나쁘지도 않다는 말은 위안이 되었다. 그 한 문장 때문에 무척 좋아했던 소설을 다시 읽다가 시계를 보니 밤 11시 25분이다.

자정을 제목으로 하는 글을 자정에 쓰리라는 생각을 오래 전부터 해왔다. 나는 거의 언제나 자정에 깨어있다. 밤 11시 전후에 잠자리에 누워서 한 시간 남짓 책을 읽다가 독서 등을 끄곤 한다. 또 밤에 글을 쓰다보면 자정을 넘기기

일쑤다. 글을 쓰다가 자정이 되면 불현듯 쓰던 글을 그만두고 '자정'으로 글을 쓰고 싶은 욕구가 생기곤 하는 것이다.

자정은 찰나이다. 오늘과 내일 또는 어제와 오늘의 경계이며 통합인 시각이다. 방금 자정이 지났다. 초침은 일초도 머물지 않는다. 이 시간에 무엇을 하는지 위층에서 찌~익 찌~익, 소파나 식탁을 옮길 때 날 것 같은 무겁고 둔탁한 마찰음이 들린다. 그 소리는 내가 살아있고 누군가와 함께 숨 쉬고 있다는 강한 유대감을 줄 뿐 나만의 시간을 방해하지는 않는다.

왼쪽 옆에 앉아있는 탁상시계가 째깍째깍 소리를 낸다. 자정도 그렇게 '째깍'하고 넘어서버렸지. 뭔가 서운한 느낌이다. 어제와 오늘의 경계이며 통합인 이 중요한 시간은 좀 더 확실하게 일깨워줘야 격에 맞다. 어떻게? 괘종시계를 사서 걸어 놓을까. 문득 옛날 우리 집 마루에 걸려있던 낡은 벽시계가 생각난다. 문자판 가운데쯤에 두 개의 태엽 감는 구멍이 있었던, 길게 늘어진 추가 느릿느릿 흔들리던 그 벽시계는 밤 열두 시면 댕~댕~ 열두 번을 쳤었는데……. 댕~댕~ 열두 번이라, 생각은 갑자기 벽시계에서 귀신으로 급물살을 탄다.

육남매가 한 이불에 발을 묻고 잠을 자던 밤마다 누군가 기어코 귀신이야기를 꺼내고야 말았다. 귀신은 밤 열두시에 나타나서 새벽닭이 울면 사라진다. 모든 귀신의 출몰시간은 같았다. 밤 열두시에 깨어 있다가 눈을 뜨면 천장에 무진장하게 커다란 '눈깔' 하나가 껌벅이는데 그때마다 피가 뚝뚝 떨어진다는 것이었다. 밤중에 뒷간에 가면 뻘건 손이 밑에서 올라와서 뒤를 닦아준다고도 했다. 그런 류의 토막이야기들이 밑도 끝도 없이 되풀이되었다.

꼬맹이인 나는 오는 잠을 주체하지 못해서 대개 초저녁에 잠이 들곤 했지만 문제는 마루에 걸린 오래된 시계였다. 댕~댕~ 울리기 시작하면 그 소리가 잠결에도 엄청나게 크게 들리는 것이었다. 시계소리 때문에 잠이 깨면 가슴이 쿵쾅거렸다. 눈을 꼭 감았다. 천장을 보지 않기 위해서였다. 귀신은 또 다른 귀신을 불러와서 뒷간 귀신이 생각나고 급기야 배가 아프기 시작하였다. 참고 참다가 언니에게 쥐어박히며 마루를 내려서서 우물가를 지나고 돼지우리를 지나서 헛간 뒤에 붙은 뒷간에 이르면 참았던 울음이 터지고 만다. 자정, 그것은 어린 나에게 캄캄하고 무서운 시간이었다.

그런 꼬맹이가 세상을 참 많이 돌아다니며 살아서 나이 들고 생각 많은 어른이 되어서 한밤중에 혼자 앉아서 글을 쓴다. 이성(理性)의 눈을 말갛게 뜨고 감성을 다스리면서 자정의 의미를 생각한다. 조금 전에 어제를 보내고 자정을 밟으며 오늘로 건너왔다. 이 적요한 밤에 방금 보낸 어제를 생각한다. 어제, 근심이 있었다. 슬픔의 찌꺼기가 목구멍에 걸려있었고 제어하기 힘든 분노도 있었다.

그것이 없어지지 않고 넘어왔으므로 '있었던' 것은 '있다'

로 치환된다. 어제는 분명 과거이건만 실상 과거완료는 아
닌 것이다. 하여 사소하거나 몹시 심각한 고뇌들은 이 시간
고스란히 현재진행형이다. 그 모든 것들을 되돌아보고 또
들여다본다. 근심과 슬픔은 다스려서 엷게 펴고 분노와 앙
금은 걸러내서 무게를 줄인다. 그게 온전하지 않아서 이미
셀 수도 없이 거듭하였고 또 거듭하게 되겠지만⋯⋯. 자정
이란 여과장치를 통해서 또 하나의 어제를 보낸다. 그래서
오늘을 조금, 아주 조금 다르게 시작하려한다. 그런 마음이
들게 하는, 그렇듯 나의 심연이 또렷이 보이는 자정을 에워
싼 이 시간이 참 좋다.

아, 그러나 나의 참마음은 벽시계가 열두 번을 치면 어쩌
나, 그때 또 배가 아프면 어쩌나 하고 조바심을 하던 옛날
그 밤 그 자정이 더 좋다.

(2009.)

3부 | 어디서 오셨어요?

새

새다. 새 한 마리가 얕은 물에 발목을 담근 채로 연신 먹이를 쪼고 있다. 신천(新川)의 산책로를 걷다가 봇물이 내려와 작은 폭포를 이루는 곳, 물이 가장 가까운 기슭을 찾아 앉았다. 물소리를 듣고 있으면 마음이 고요해진다. 하여 물소리 듣기를 좋아하지만 도회지에서 흐르는 물을 만나기란 쉽지 않다. 걷기 위해서가 아니라 물을 만나고 싶어서 신천을 찾는다. 혼자 앉아서 흐르는 물을 바라보다가, 눈을 감고 그 소리를 듣다가 강 저편에 서 있는 새를 본 것이다. 검은 새다.

아침저녁 신천을 지나며 백로를 본다. 깃털이 눈부시게 희고 몸매가 빼어난 새다. 새는 천천히 날거나, 길고 가느다란 다리로 서서 자태를 뽐내고 있는데 그 견줄 데 없이 아름다운 새를 차창으로 바라보는 순간 나는 행복해진다. 날거나 머물거나 그것이 새인 것만으로도 나에게 기쁨을 준다. 더구나 하얀 깃털 옷을 입은 새라니!

하지만 해 저물어 어둡고 선득한데 먹이를 쪼고 있는 저

검은 새는 쓸쓸해 보인다. 그를 바라보고 있는 나는 행복하지가 않고 마음이 아리다. 저 새는 가난하고 추워 보인다. 둥지로 돌아가 잠을 자야할 시간에 왜 아직도 시린 물에 발목을 묻은 채 먹이를 구하고 있는가. 새의 이름도 생태도 모르면서 그 처지를 운운하는 것은 미안한 일이다. 이 시간에 거기에 있는 것, 저 새에게는 그저 평범한 날의 평범한 일상일지도 모른다.

일상이라, 불현듯 이태 전에 본 조각전(彫刻展)이 생각난다. 각북 가는 길에 동제미술관을 들렀었다. 『일상과 이상』이란 테마로 전시된 작품들 중에 유난히 내게 다가왔던 것은 「여행」이었다. 새의 형상이었는데 인상적인 것은 둥근 공간으로 처리한 새의 몸통에 사람을 앉혀 놓은 것이었다. 하늘을 향해 한껏 길게 뻗친 부리와 목에서 수직상승의 의지를, 수평으로 쫙 펼친 두 날개에서 무한창공을 날고 싶은 열망을 느낄 수 있었다. 그 의지와 열망은 새의 것이며, 새가 되고 싶은 사람의 것이라 여겨졌다.

옳거니 했다. 사람이 만든 새인 비행기로는 도저히 이룰 수 없는 비상이다. 멋진 비상, 진정한 비상은 대기와 구름을 살갗으로 느끼고, 온몸으로 비바람의 저항을 이겨내면서 누릴 수 있는 새들만의 특권이다. 자유인 게다. 작품 「여행」에서 내게 건너온 메시지는 자유였다. 새의 몸에 실려서 여행을 하는 자유가 아니라 '새' 라는 형상과 의미 그 자체로 충만한 자유, 그것이 느닷없이 날아와 가슴에 박히는 기분이었다.

그날 새 한 마리가 내게로 들어와서 여태도 살아있다. 나는 그 새를 가두고 있는 새장이며 새 주인이다. 내 안에 있는 새를 내보낼 어떤 방도도 없이 이따금 새의 파닥이는 날갯짓을 느끼고 그 지저귀는 소리를 듣는다. 그런대로 산새소리 물새소리 가로수에 찾아드는 도회지의 뭇새소리를 즐거이, 때로는 아프게 들으며 살고 있다.

강은 빈약하다. 인공으로 유지되는 강이어서 보에 물을 가두고 내보내고를 조절한다. 보에서는 흘러넘치는 물이 연이어 흐르지를 못하고 바로 아래에서 바닥을 드러내는 형국이다. 유장하게 흐르지는 못할지라도 밤낮으로 강물이 흘러서 신천이란 이름이 무색하지 않았으면 좋겠다. 그게 많이 아쉽지만 지척에 물이 있다는 사실만으로도 고마운 일이다. 더구나 그 물 위를 나는 새들을 볼 수 있고, 밤이 되어도 강을 떠나지 못하는 새를 보며 그와 나 그리고 내 안의 새가 하나가 되는 시간을 가질 수 있으니 진정 기껍다.

상념에 젖은 사이 검은 새가 보이지 않는다. 그가 날개를 펴는 순간을 놓쳤다. 어디로 갔을까. 그곳이 어디이든 꿀맛 같은 잠을 자기를 바란다, 내일은 또 하루치의 일상이 기다릴 터이니. 일상은 고단한 날개 위에 내려덮이는 어둠이며 늦은 저녁의 허기이고 시린 발목이다. 그럼에도 불구하고 일상은 살아있음의 환희와 자잘한 기쁨의 원천인 것이다.

새가 꿈꾸고 내가 열망하며 동시에 내 안의 새를 날려 보내고 싶은, 그 자유란 그러니까 단순히 일탈에서 얻어지는 것이 아니다. 그것은 곤고한 일상의 뒤에 찾아오는 것이며, 겨운 날갯짓으로 헤쳐 나가서야 비로소 이를 수 있는 편안한 마음 또는 얽매이지 않는 정신일 터이다. 온갖 것에 얽매여 저 창공을 날지 못한 내 안의 새는 오늘도 힘찬 비상을 꿈꾸며 다만 하루치의 날갯짓을 끝낸다.

(2010.)

섣달그믐밤

임금이 나를 바라보고 있다. 나는 오십 보쯤 떨어진 곳에 앉아서 그의 곡진한 시선을 느끼고 있다. 그는 나를 찬찬히 헤아리고, 나는 그의 마음을 깊이 들여다본다. 그의 고뇌가 무엇인지를 백성의 눈도 어미의 가슴도 아닌, 한 인간의 마음으로 짚어본다.

그의 휘는 혼(琿)이며 조선 15대 임금이다. 어느 왕자가 세자가 되느냐로 신하들이 밤낮으로 싸웠다. 마침내 왕이 되었으나 서출의 올가미는 촘촘하고 단단했다. 그의 영민함은 차츰 흐려지고 분노가 칼날처럼 벼려졌다. 어린 동생을 죽이고 그 어미를 폐하는 패륜을 저질렀다. 하여 광해군으로 강등되었으나, 그것은 나중의 일이며 지금의 그는 어진 군주이다.

임금의 가슴에 얹힌 맷돌은 무겁다. 시종들이 밤을 꼬박 밝히며 그를 지키고 있지만 그는 두려움에 휩싸여있다. 상소들, 간언들, 산적한 난제들로 인해 그의 숨결은 거칠고 왜, 명, 청 사이에서 그의 고뇌는 깊어만 간다. 칠흑 같은 섣달그믐밤, 임금은 그래서 외롭다.

이 밤에 내가 임금을 불러낸 까닭은, 그가 아직 임금이었던 어느 해 과거시험에 "섣달그믐밤의 쓸쓸함에 대하여 논하라"를 시제로 내렸다는 사실을 불현듯 기억해냈기 때문이다. 그를 생각하자 그의 쓸쓸함이 내게로 와서 무너지고 사무친다. 임금과 내가 생각하는 바, 해야 할 바가 매우 다를 것이기에 그의 고뇌와 나의 고뇌는 사뭇 다를 터이다. 하지만 섣달그믐밤에 한 인간에게 사무치는 쓸쓸함이야 무에 그리 다르랴.

해야 할 일들이 많았다. 잘했거나 못했거나 해는 저물었다. 엘리베이터 앞에 잠시 서 있다가 계단으로 몸을 돌렸다. 지쳐있었는데 무슨 심사인지 스스로도 몰랐다. 3층서부터 숨이 찼고, 7층쯤에서 종아리가 당겨서 무릎을 짚고 쉬었다. 9층에선가 허리에 손을 얹고 몸을 젖혔다. 그렇듯 헉헉대며 20층까지 올라갔다가 다시 12층으로 내려왔다. 저녁 여덟 시가 조금 넘어있었다. 몇 가지 일을 더 처리하고 늦은 밤이 되었다.

몸과 마음이 함께 고단하다. 거실에 놓인 다탁에서 뜨거운 메밀차를 마셨다놓았다 하며 창밖을 내다본다. 자동차 헤드라이트들이 길고 긴 빛의 줄기를 만들고 있다. 가로등 불빛들은 강물에 주황빛으로 누워 있고, "멋진 나라 대한민국" "하이마트" 옥상간판 글씨들이 선명하다. "7천 9백만

원" 뜻이 모호한 숫자도 커다랗게 보인다. 달도 별도 보이지 않는 그믐밤을 수많은 전등불빛이 대신 밝혀주고 있다. 밤은 그러므로 환하다.

세찬 바람이 창에 부딪쳐 울어대는 밤, 문득 누군가가 미어지게 그리운 밤, 낮에 보았던 새들이 어디에서 잠자고 있는지 그 향방이 묘연한 밤, 밝아올 날에 맞닥뜨리게 될 일들이 두렵다. 그 절대고독 속에 임금과 내가 앉아있다. 그도 혼자고 나도 혼자다.

"섣달그믐밤의 쓸쓸함, 그 까닭은 무엇인가" 제목을 쓴다. 첫 문장이 좀처럼 나오지 않는다. 4백 년 전의 임금이 나를 보고 있다. 지필묵대신 컴퓨터를 마주보고 있는 늙은 나를 젊은 군주가 낯설게 그러나 다정하게 바라보며 기다리고 있다. 혼자인 내가 혼자인 그에게 답한다.

나랏일이 지난하고, 백성의 안위가 천근의 근심이며, 날로 드세지는 정쟁 때문에 권좌가 등불처럼 흔들리니 고뇌가 어찌 아니 깊겠습니까. 필경은 욕망에서 비롯되었을 고통과 불안이 당신을 짓누르고 있겠지요. 패배에 대한 두려움, 일련의 현상에 대한 부정(否定)적 심경이 당신을 괴롭히리라 여깁니다. 한 해를 보낸 안도와 휴식보다 맞아야할 시간 앞에 당신은 떨고 있습니다. 저녁에 집에 들면서 저는 일부러 계단을 올랐습니다. 몸은 어렵잖게 집에 이르렀으나 디뎌야 할 수많은 계단이 여전히 앞에 놓여있었습니다. 막막했다면 이해하시겠는지요.

　당신과 저는 4백 년의 시차를 두고 각각의 근심으로 밤을 지새우고 있습니다. 말씀드리건대, 한 인간의 근원적인 고독은 임금과 필부가 다르지 않다는 것입니다. 세계와 동떨어져서 홀로 앉아있는 밤, 고뇌는 철저히 혼자만의 것이 됩니다. 방도가 없습니다. 그러니 이겨내야 하고, 어떤 경우에도 희망의 끈을 놓지 않아야 합니다. 무엇보다 의연해야 합니다. 이런 말들이 당신에게 위안이 되고 힘이 되었으면 합니다. 임금이시여, 미치지(及) 못하는 변설로 덧붙입니다. 당신의 하늘은 달빛이 없어서 캄캄하고, 저의 하늘은 전등불빛으로 대낮같이 밝습니다. 너무 캄캄한 밤도, 지나치게 밝은 밤도 인간을 몹시 쓸쓸하게 만드는 것이지요. 그러니까 까닭도 탓도 오직 밤에게 있는 것입니다. 하물며 섣달그믐밤이겠습니까.

　섣달그믐밤이 하도 길어서 오래전 이 밤에 몹시도 쓸쓸했을 젊은 임금과 그 하염없음을 나누려하였다. 임금은 그러나 홀연 사라지고, 휘청거리며 살아온 내 모습만 불빛아래 또렷이 드러난다.

(2010.)

밥

압력밥솥 밸브가 돌아간다. 똑똑해빠진 밥솥이 말을 한다. "증기가 빠져나오니 주의 하세요." 잠시 쉬었다가 다시 말한다. "맛있는 밥이 완성되었으니 밥을 저어주세요" 그래요, 잘 저어서 먹겠습니다. 먹고 사는 일이 고맙다. 삶의 무거운 등짐도, 온갖 근심도 궁극적으로는 밥을 향해 있다. 밥 덕분에 살고 밥 때문에 싸우고 밥을 못 먹어서 죽는다.

짧지 않은 세월을 살면서 죽음에 직면한 혈육과 친지들을 보아왔다. 대개는 질병 때문이다. 질병이 몸을 침범하고 악전 끝에 죽음에 이르게 된다. "곡기를 끊었다." 란 말을 이따금 들었다. 곡기를 끊는 것, 그건 마지막에 임박했음을 알리는 것이다. 밥을 먹을 수 있다는 건 그러니까 복된 일이다. 그것은 살아있다는 것이고 살아있음은 그게 어떤 상황이든 감사한 일이다.

밥은 숭고하다. 입맛이 없어서, 속이 좀 상했다고 송구함 없이 밥을 밀어낸다. 세계의 저쪽에서 많은 사람들이, 또 여기 후미진 곳에서 이웃이 굶고 있음에도 무신경하게 잘 살아왔다. 수많은 밥상에서 먹다 남은 밥들이 음식쓰레기로 내박쳐진다. 불현듯 머리 위에 바로 불벼락이 떨어질지도 모른다는 생각이 든다. 하여 오만함은 저만치 사라지고 귀와 코가 겸손해져서 밥솥이 하는 말을 경청하고 밥되는 냄새에 몸과 혼이 열린다.

몇 번인가, 무료급식소에서 이른바 봉사란 걸 해보았다. 자발적이었다기보다 누군가의 제안에 몇몇이 동조했기에 나는 하는 수 없이 뭉그적거리며 따라나섰다. 아침부터 가서 양파 다듬고 감자 껍질 벗기고 대파를 썰고, 실로 엄청난 양의 쌀을 씻는 일에 투입되어서 각자의 몫을 재바르게 해야 했다. 정오가 되기 훨씬 전부터 긴 줄이 늘어섰다. 대개 어르신들이었다. 그 중에는 친구 따라 강남 온(자식들이 봤으면 야단이 났을) 말쑥하고 정정한 어르신도 계셨지만 남루를 걸친 초췌한 할아버지, 할머니들이 대부분이었다.

커다란 고무 함지박에 미리 퍼 놓은 밥을 식판에 담아드리는데 조그맣고 바짝 마르신 할머니가 자꾸 더 담으라고 하신다. 필시 남겨서 버려야 할 것 같아서 망설이는데 옆에 있던 붙박이 봉사자가 듬뿍 퍼서 담아드리며, 이 정도는 충분히 드신다고 말했다. "많이 퍼 드리세요. 다 잡수시니까." 시키는 대로 했다. 노인들과 눈을 맞추면서 "됐어요? 더 드릴까요?" 여쭈면 됐다, 좀 더, 대답이 돌아왔다. 어떻게 저걸 다 잡수실까 란 의문은 금방 풀렸다. 소화기관이 충분히 감당해낸다는 것이다. 위확장이나 위하수가 염려되는데 걱정 없단다. 그건 세 끼를 찾아먹는 사람들에게나 있는 일이고 이분들은 이걸로 하루 심지어는 이틀을 견딘다는 것이다. 소화기관이 그렇게 길들여져 있었던 게다.

어떤 어른은 쪽방 친구에게 갖다 줄 밥을 따로 챙기셨고, 인근 빵집에서 가져다 준 상품이 되기는 뭣하지만 먹기엔 전혀 지장이 없는 빵을 몇 개씩 가져가셨다. 밥 한 덩이로 하루를 나시는 분이 태반이라는 그 불편한 진실을 보고 한동안 마음이 묵직하였다. 한 덩이의 밥은 바로 목숨 줄이었다. 몇 차례 그런 시간을 가졌다고, 거기에서 봉사이상의 뭣을 배웠다고, 그러니 오히려 내가 고마워해야 할 일이라는 알량한 말을 하려는 게 아니다. 식욕은 인간이 가장 마지막까지 거머쥐고 놓지 못하는 진저리쳐지는 본능임을 말하려는 건 더욱 아니다.

대체 그 밥이란 것이 축복인가, 굴레인가. 아마도 둘 다일 터이다. 먹을 수 있는 즐거움은 축복이고, 아무리 어려운 상황에서도 몸이 그 밥을 열망하기에 굴종할 수밖에 없으니 굴레이기도 하다. 군량미가 떨어지면 전쟁에서 진다.

밥은 늘 그랬다. 때가 되면 먹는 것이었다. 몸에 밴 습관이었으며 때로는 몹시 성가시기도 하다. 어릴 때부터 먹을 때 깨작거린다고 어른들로부터 지청구를 자주 들었다. 지금도 밥 앞에 자주 심드렁하다. 밥에 내포된 절절함과 숭고함을 모르고 살았다. 밥이야말로 전 생애를 걸어야할 필생의 명제이며 가장 높이 올려야 할 가치인 걸 이렇게 늦게야 깨닫는다.

밥솥 뚜껑을 연다. 밥 냄새 구수하다. 유년의 우리 집 가마솥에서 나던 밥 냄새에는 어림없지만 식욕이 생기기에는 충분하다. 이제까지 먹었던 밥들, 남은 날 먹게 될 나의 밥에 깊이 고개 숙인다. 밥은 숭고하다. 밥은 절절하다. 밥은 절체절명의 명제다. 밥은 형이하학이며 동시에 형이상학이다. 이 문장들을 의미로서가 아니라 몸과 혼으로 느끼며 달게 먹겠다.

(2013.)

생의 이면

　죄 참 많~이 지었소. 내 그 죄 값하고 있는 기요. 일곱
해째 방구들 신세지고 있는 마누라 병 수발한다꼬 이리 살
고 있소. 이제 차려 놓은 밥은 혼자 먹을 만큼 됐으니 그저
고맙지 뭐. 낮에는 이러고 돌아댕기다 해거름에 들어가서
씻기고 믹이고 하는 기 내 일이지. 그럭저럭 살다 가면 그
뿐인데……. 제~발 내 앞에 가서 내 손으로 거두키나 했으
면 좋겠소. 휴우~

　장대비가 내린다. 한나절 비가 쏟아지니 발걸음들이 뚝
끊어졌다. 무연히 빗줄기를 내다보고 있는데 노인이 비에
젖은 채로 늘 그랬던 것처럼 누런 치열을 드러내며 웃고 있
었다. 그 웃음이 나는 그리 좋지가 않다. 좀 비굴해 보인다.
이런 날 왜 나오셔서 저 비를 다 맞으시나. "비 피해 가세
요." 모른 척 할 수가 없어서 그렇게 말했더니 물이 뚝뚝 떨
어지는 폐지뭉치를 그대로 들고 들어온 것이다. 약국 바닥
에 물이 흥건해졌지만 나는 개의치 않는다는 표정을 지었

다. 비에 젖어 축 처진 폐지뭉치보다 노인의 몰골이 더 말이 아니었다.

봄여름 없이 쓰고 다니는 낡은 체크무늬 모자는 정수리 부위가 푹 꺼졌다. 형형함을 잃어버린 두 눈, 니코틴 때가 덕지덕지 낀 치아, 세로주름들이 골골이 팬 검은 얼굴은 지난한 현실을 여실히 말해주고 있다. 낡았다고 말하기에도 이미 늦은 듯한 잠바와 바지, 더 이상 남루할 수 없는 모습이다. 창밖을 내다보고 있는 노인의 쭈글쭈글하게 뒤틀린 목덜미가 거슬린다. 참을 수 없는 무거움이 가슴에 얹히는 느낌이다. 한동안 침묵을 지키던 노인이 불쑥 말을 잇는다.

내 꼴은 이래도 우리 큰아들은 말만하면 다 아는 대기업 간부요. 성공했지. 인물도 좋코. 내 닮았지. 휴우~ 내 아직 사지 성하니 자식 애 안 믹이고 사는데 꺼지 살아볼라꼬. 시방도 오라 카는데 마누라 수발해야지 안 그요?

장대비는 가늘어져서 조용하게 내린다. 플라타너스 무성한 잎이 빗속에서 건들건들 흔들거리는 게 보기에 참 좋다. 나무는 나이 들어도 저리 푸르고 당당하건만 사람은 늙으면 왜 이리도 비루해지는 걸까. 진정 살아온 죄 값인가. 노인이 박스뭉치들을 낡은 노끈으로 다시 묶는데 갈퀴 같은 손가락들의 떨림이 오늘따라 심하다. 모진 풍상을 겪은 모습이지만 젊어 한때 미남이었음이 짐작되는 얼굴이며, 낮고 울림이 있는 음성으로 말을 할 때면 '먹물' 냄새도 난다. 구부정하지만 키도 후리후리하게 크다.

폐지를 주우러 다니는 노인을 불러서 박스들과 헌 신문지들을 주었던 게 인연이 되었다. 노인을 처음 본 날 불현듯 전생의 오라버니가 아닐까하는 강한 느낌을 받았다. 그것은 '측은하다' 따위로는 설명이 되지 않는 것이었다. 동기간에 느끼는, 그러니까 '속상하다.' 란 감정이라고 하면 맞을 것 같다. 하여 없는 종이도 찾아낼 마음이 되곤 했다. 그때마다 "이 은혜를 다 어이할고." 늘 똑 같은 말이다. 은혜는 무슨.

비는 시나브로 그치고 천막차양에 맺힌 물방울들이 또닥또닥 떨어진다. 플라타너스 잎들도 산들산들 나부낀다. 오후 다섯 시다. 워낙 허술하게 묶여서 여차하면 풀어질 듯 위태로워 보이는 박스뭉치들을 어깨에 멘 노인이 또 한 번 활짝 웃고는 약국을 나선다. 그 추레한 뒷모습을 잠시 바라보노라니 할머니 한 분이 걸어오면서 노인을 힐끔거리며 쳐다본다.

저 영감탱이, 꼴좋~다. 저 영감 저래도 대학 나왔다 카데. 멀쩡하이 생기가 본 마누라 무식하다꼬 팽개 안 쳤나. 평생 밖으로 돌아댕기디만 첩 병수발 하니라고 꼬라지가 말이 아이다. 늘그막에 무신 고생이고 쯧쯧. 할마시가 부산 자석 집에 사는데 택도 없다 카데. 영감 안 받아 준다꼬. 그라고 첩도 평생 살았는데 중풍 들었다고 내삐리면 경우가 아이지. 암, 아이고 말고. 그런데 그 여편네가 노망이 들었는가 그리 패악을 부린다 카네. 기찰 노릇이지. 영감 늦복 터졌지러. 다 지은 대로 가는 기라. 아이고, 내 정신 좀 보래. 허리 아퍼가 왔는데.

그러고도, 영감 젊었을 때 마누라 밥 먹는 것도 아까워서 쌀 낟 많이 들었다고 갱죽 그릇을 엎었다는 둥, 모질게 팼다는 둥, 한참 사설이 길다. 그저 웃을 수밖에. 내 반응이 영 싱거운지 우산을 챙기더니 할머니도 내게 뒷모습을 보인다. 알록달록 꽃무늬 블라우스에 헐렁한 미색 바지차림, 느슨한 걸음걸이, 뒤통수가 훤해져가는 성긴 파마머리, 그 어디에도 팽팽한 긴장은 없다. 평범하게 늙어가는 사람의 좋을 것도 나쁠 것도 없는 편안한 모습이다. 조강지처를 버리는 남자에게 공분을 느끼고 그런 남자의 몰락을 고소해하는 게 여자들의 심리다. 하여 할머니의 험담에는 일정수준이상의 적의가 담겨있다.

마누라 병 수발한다고 신세타령인양 말할 때 혹 '나 이런 남편이요.' 라는 자랑은 아닐까 했다. 좀 뜨악하긴 하지만 새삼 실망할 일도 아니리. 어쩌면 누구에게나 있을 생의 이면을 또 한 번 본 것일 뿐이다. 아무려나, 노인은 아내와 자식들에 대해 평생 무거운 죄의식을 가지고 살았을 것이다. 단칸방에 온종일 누워서 짜증만 늘어가는 '마누라' 도 많이 불쌍할 터이다. 형편도 형편이지만 그토록 비천한 행색이 된 건 노인이 스스로 행하는 속죄행위일지도 모른다는 생각이 든다. 휘청휘청 걸어가던 노인의 모습이 눈에 밟힌다.

장대비 그치고 먹구름 걷혔다.

(2009.)

해피엔딩

　느닷없이 내게 떠맡겨진 그것은 박스들과 신문지, 과자 상자들이 찢어지고 뭉개진 채로 붉은색인지 검은색인지 분간이 안 되는 노끈에 되는대로 묶여있었다. 대체 그 커다란 뭉치를 어디서부터 어떻게 끌고 온 것인지.

　오후 두세 시쯤 비가 부슬부슬 내리기 시작했다. 낯선 할머니가 그걸 낡은 유모차에 싣고 위태롭게 걸어오고 있었다. 빗물막이차양 아래에 그걸 부려놓더니 얼굴만 들이민 채 "이거 좀 봐주소. 비 그치면 가져갈라요." 쐐~ 바람 빠져나가는 것 같은 목소리를 뱉어냈다. "그러세요." 무심히 대답했고, 빈 유모차를 덜덜덜 밀고 가는 할머니의 굽은 등을 잠시 바라보다가 눈길을 거두었을 뿐이다.

　폐지 수집하러 다니는 사람이 하도 많아서 특별한 느낌도 없었다. 내 약국에도 단골(?)로 오는 사람이 셋이나 되고, 시도 때도 없이 들여다보고 "폐지 없어요?" 라고 묻는 불특정다수도 있다. 그러니 내가 폐지덩이를 맡았기로서니 거기에 알량한 책임감까지 발생할 줄은 몰랐던 것이다.

비는 이미 그쳤고 어둠이 짙게 내렸다. 퇴근을 미루며 기다렸지만 그분은 오지 않았다. 내일은 오겠지. 밤새 밖에 둘 수도 없어서 낑낑 안으로 들였다. 이튿날 무심코 문을 열다 눈앞에 놓인 커다란 뭉치를 보고 깜짝 놀랐다. 잊고 있었던 게다. 낡아빠진 노끈을 두 손으로 잡고 바깥으로 질질 끌어냈다.

햇살은 투명했고 지난 밤 비에 씻긴 풍경은 산뜻했다. 유쾌하게 일을 시작했는데 본격적으로 성가신 질문들이 내게 던져지기 시작했다. 아침저녁으로 폐지를 가져가는 중년여자가 재바르게 걸어와서 "고맙습니다." 하고 그것에 손을 댔다. "아뇨, 그거 다른 사람 겁니다." 내가 다급하게 말했다. 그 여자는 이 건물의 사무실들이 내놓는 적지 않은 폐지에 무슨 특권이나 있는 것처럼 다른 사람 주면 안 된다고 수시로 다그친다. 며칠에 한 번씩 오는 할아버지께 나는 신문지를 따로 모아두었다가 그 여자 몰래 내어주곤 한다. 그 여자가 다니는 시간을 용케 피해서 틈새를 공략하는 좀 더 나이든 아주머니가 있는데 몇 번인가 그 여자의 영역을 침범해서 건물주차장에서 머리칼을 뜯으며 대판 싸운 적도 있다. 그 세 단골이 차례로 와서 그 뭉치를 탐내는 걸 겨우 물리쳤는데 지나가다가 우연히 폐지덩이를 본 사람까지 가져가도 되냐고 묻는 통에 신경이 곤두설 지경이 되었다.

일을 하다가도 자꾸만 눈길이 바깥에 놓인 폐지로 갔다. 지켜야했던 것이다. 약 박스들이 거의 날마다 나오고 빈 약

병들도 재활용이 되는 것이어서 그것들을 가져가는 사람들이 얼마나 치열한지를 잘 알고 있다. 노인들이 새벽부터 나가서 골목들을 누비며 폐지를 수집하는 현장을 텔레비전에서 방영한 적이 있었다. 리포터는 그런 현실을 두고 '폐지 전쟁' 이라 하였다. 그런데 고물상에 속속 도착하는 폐지뭉치들이 내 눈에 산더미만큼 커 보여도 노인들이 손에 쥔 돈은 가랑잎처럼 가벼웠다.

어찌 내 앞에 놓인 폐지를 주인 아닌 다른 사람에게 줄 수 있겠는가. 사태는 그러나 꽤나 편치 않게 되어갔다. 아침에 끌어내고 저녁에 들여놓고 온종일 지키기를 일주일이나 하게 된 것이다. 인내심이 바닥을 보이기 시작하였다. 자꾸 옮겨지는 통에 그것의 꼴이 더 말이 아니게 되어서 풀어헤친 다음 다시 차곡차곡 쟁여서 단단하게 졸라맸다. 여드레 째 아침에 남편이 "그만 물어주고 말지. 누가 가져가면 어떻소." 라고 뚱하게 말해서 부아를 누르고 있는데 "기껏 몇 천원이면 될 텐데." 까지 덧붙이는 바람에 나는 그예 "이게 지금 돈 문제예요?"란 날선 말을 쏘아붙이고 말았다.

아파서 못 오는 것인지도 모르잖아요. 이게 돈 이상의 어떤 것일지 누가 알아요. 그럼 진즉에 왔어야 하잖소. 새벽 세 시에 나가서 주운 것이면 어쩔 건데요. 그게 단돈 천원이라 해도 우리가 결정할 건 아니죠. 그럼 끌어안고 살든지. 급기야 남편과 나는 폐지 때문에 목소리를 높이고 말았다. 지금부터 무조건 제일먼저 묻는 사람에게 가져가라 할

거요! 어디 그러기만 해봐요!

　나도 손을 들고 싶었다. 속으로는 남편 말에 동조하면서 괜스레 그에게 화를 내고 있었다. 그래 모르겠다. 그리 생각하다가도 병이 나신 건 아닐까, 혹여 돌아가신 건 아닐까, 별의별 생각이 다 드는 것이었다. 폐지를 가져갈 때마다 누런 이를 드러내 보이며 허허 웃던 장 노인이 한동안 보이지 않았을 때도 같은 생각을 했었는데 어느 날 허리를 꼿꼿이 세우고 걸어가시는 모습을 보았다.

　정작 할머니는 깜박하셨거나 대수롭잖게 생각하셨을 수도 있는데 내가 지나치게 심각했던 건지도 모른다. 더는 마음을 쓰지 않기로 하였다. 조제실에서도 밖을 넘겨다보지 않았고 자리에 앉으면 책만 뒤적였다. 그러다가 어느 순간 눈을 드니 폐지덩이가 사라지고 없었다. 누가 가져갔을까, 말 한 마디 없이. 잠깐 허전했지만 이내 후련해졌다. 누가 가져갔든 그 사람에게 좋으면 좋은 것이지. 그래 잘 됐다. 해피엔딩이다.

(2012.)

동행

정리하면 이렇다. 횡단보도를 건너서 버스정류소 쪽으로 쭉 걸으면 김밥전문집 보인다. 그 모퉁이를 돌면 페인트를 파는 집이 보이고 조금 더 가면 반찬가게가 있다. 그 가게 오른 쪽으로 좁은 골목길이 있는데 거기 세 번째 파란철대 문집이 우리 집이다.

여든한 살 수연할머니는 내 약국의 단골이시다. 김수연, 할머니의 이름은 젊고 세련되었다. 주름살이 많긴 하지만 하얗고 동글납작한 얼굴, 뽀글뽀글 파마머리에 옷도 곱게 입으신다. 갈색가방을 끈이 오른쪽어깨에서 왼쪽가슴을 대각선으로 지나도록 메고 다니시는데 걸음걸이도 재바르다. 작고 마른 체형이며, 말씀도 야무지다. 구구절절 한 맺힌 사연도 아닌데 나만 보면 하염없이 이야기를 늘어놓으신다. "저 건너편에 김밥집이 있다. 그 안 골목에 페인트 파는 집을 찾으면 된다." 시작이 항상 같다.

파란철대문집에서 수연할머니는 열 살 연상의 다른 할머니와 같이 사신다. 듣기로는 귀는 철벽이고 고집은 황소인

심술 사나운 노인이다. 그 일면식도 없는 할머니를 들은 대로 옮겨보면 대강 다음과 같다. 텔레비전은 소리를 한껏 올려서 화면이 지지지~익 할 때까지 틀어놓곤 한단다. "할매~ 그 테레비 좀 꺼소!" 수연 할머니가 고함을 지르면 코를 골고 자다가도 "내 테레비 본다!" 라고 맞고함을 친단다. 방에 있을 때나 마당에 나와 있을 때나 텔레비전은 끄지 않는다. 형광등도 밤낮으로 켜놓아서 수연할머니의 신경을 긁는다. 그러고도 전기세는 달랑 만원 한 장이다. 죽어도 더는 안 낸다. 물은 또 얼마나 흔전만전 쓰는지, 수도꼭지를 아예 잠그지 않는다. 매사 막무가내다. 아들이 오고 딸이 와서 아무리 청해도 따라나서지 않는다. 찰거머리다. "아이구 내가 전생에 무슨 빚을 졌나 몰라." 이따금 몸져누우면 그 촌수 가린다는 '뒤'까지 치워야하니 기막힐 노릇이라는 것이다.

한 번 와보라는 말을 여러 번 들었다. 호박죽과 깨죽, 포도를 사 들고 내 뜻 반 할머니 뜻 반으로 횡단보도를 건넌다. 버스정류소를 지나 조금 더 걸으니 "장군김밥" 주황색 돌출간판이 보인다. 시장골목으로 접어든다. 태창유리, 신나라신발, 색 바랜 간판 아래 낡은 셔터들이 입을 굳게 다물고 있다. 상권이 죽어있어 안타깝다. 내부가 전혀 보이지 않는 페인트가게를 큼큼거리며 지난다. 용케도 반찬가게는 버티고 있네, 생각하면서 들여다보는데 점숙 아주머니가 보인다. 여기였구나. 손에 물마를 틈이 없어 노상 몸살을 앓는 아주머니다. 반갑게 인사를 하고 물김치를 산다.

　파란철대문집, 동화책에나 나올 것 같은 예쁜 느낌이지만 그게 아니다. 퇴락한 집이다. 칠이 벗겨지고 삐걱거리는 대문이다. 대문을 미는데 집안이 한눈에 들어온다. 조심조심 발을 들여놓는다. 화단 옆 커다란 고무함지박에 몸을 담그고 계시는 할머니의 뒷모습이 보인다. 그래도 얌전하시다. 아래위 속옷은 입으신 채다. "수연할머니~" "누구고?" 수연할머니가 안방에서 나오다가 정말로 왔느냐고 손뼉을 치며 반기신다. 목욕하시는데 들어와서 죄송하다고 함지박 할머니께 말씀드리니 멀거니 바라보기만 하신다. 정말이지 애처롭도록 많이 늙으셨다. 수연할머니가 한 마디 하신다. "귀신도 안 델꼬 가는데, 무얼!"

　"천날만날 내가 무슨 일이고!" 큰 할머니 옷 입으시는 걸 거들며 지청구를 하시는 수연할머니의 눈빛에서 진득한 애정이 읽힌다. "누가 아프다 캤나, 뭘 죽이고?" "잡숫기나 하소!" 다행히도 두 분은 맛있게 잡수신다. "전기세, 물세 좀 더 내소!" "니가 집주인 아이가, 냉장고도 니가 크고!" 이런 집에 나 아니면 누가 세 들어 살겠냐고 중얼중얼하시는데 정신이 초롱이시다. 티격태격하는 모습을 보는 게 즐겁다. 돌아오면서 잠시 더위를 잊는다. 두 분 잘 사시는 게다. 고함과 맞고함으로 사사건건 시비지만 두 어른 참 잘 사시는 게다. 큰 할머니는 적막이 싫고 어둠이 두려우신 게다. 그래서 텔레비전과 전등을 끄지 않는 것이다. 십년을 함께 살면서 자식보다 더 편해졌다. 하여 자식을 따라 나서지 않는다. 이제 그만 가라고, 언제까지 있을 거냐고 이따금 퍼붓기도 하지만 수연할머니도 끝까지 내치지는 않는다.

언제까지 그렇게 사실지 아무도 모른다. 아흔의 할머니는 막무가내로 기대고 여든의 할머니는 못이긴 척 곁을 내주며 살아가고 있다. 한 뼘이나 남아있을까. 생의 마지막 자락을 그러쥐고 참 달게 사신다. 서로 긍휼히 여기면서.

(2010.)

사막에서 버티기

그 여자는 키가 작다. 150cm나 될까한 작은 키에 오동통하다. 부스스한 파마머리에 새까맣게 그을린 얼굴이지만 맑고 큰 눈이 빛나고 있어 예쁘다는 느낌을 갖게 한다. 사시사철 입고 있는 짙은 녹색 앞치마에는 노란 몸과 까만 눈, 갈색 귀를 가진 헝겊 곰이 아플리케로 붙어있다. 곰도 예쁘다. 여자와 곰은 닮았다.

그 여자는 동구시장 한 모퉁이에서 야채노점을 하고 있다. 이불가게, 양품점, 그릇가게 등 불빛 환한 점포들 앞에서 길게 좌판을 늘어놓고 야채를 다듬고 있는 그 여자의 이름은 그냥 '훈'이네이다. 얼핏 거칠어 보이지만 함빡 웃으며 물건을 팔 때 보면 귀여운 구석이 많다. 그의 꿈은 버젓한 점포하나 마련해서 이불가게 주인처럼 수북이 쌓인 물건들 가운데에 떡하니 버티고 앉는 것이다.

그 여자는 열아홉 살에 한 조그만 우유대리점에서 경리 겸 허드렛일을 하였는데 거기에서 한 남자를 만났다. 남자는 텔레비전에서나 볼 수 있는 잘 생긴 얼굴에 키도 컸다.

삼 년을 함께 일하면서 여자는 남자의 마음을 얻어냈다. "그들은 결혼을 해서 오래오래 행복하게 살았다." 이렇게 동화처럼 말했으면 좋겠다.

어느 해 겨울, 시장 한 켠에서 배추 몇 단, 무 여남은 개를 앞에 놓고 갓난아기에게 젖을 물리고 있는 여자를 처음 만났다. 워낙 추운 날이라 포대기와 옷가지로 둘러싸고 덮은 아기도 젊디젊은 엄마도 시퍼렇게 얼어있었다. 그 정경은 눈물겨운 것이었으나 좌판은 점점 길어졌고 훈이도 통통하니 살이 올랐다. 내가 좌판을 마주 앉는 횟수가 많아지면서 여자의 계면조 푸념을 듣다보니 그들의 내력을 한 줄에 꿰게 되었다. 오늘 또 그 여자를 찾아가는 것이다.

가뭄 끝에 단비가 내렸다. '시절이 하 수상하여' 쩍쩍 갈라진 가슴을 단비가 촉촉하게 적셔주었다. "해물파전에 소주 한 잔!" 비 오는 날이면 어김없이 날아드는 남편의 한 마디다. 나쁘지 않았다. 파전은 나보다 남편이 더 잘 부친다. 조금만 거들면 맛있는 파전을 먹을 수 있는데 왜 마다하겠는가. 시장에 가자. 가늘고 싱싱한 쪽파와 보드라운 부추를 사자.

어물전에 들러 오징어 두 마리를 사들고 그에게로 발걸음을 옮기니 왁자지껄하다. 두 남자가 탁한 목소리로 욕설을 주고받고 서로 삿대질을 하더니 급기야 멱살잡이를 한다. 밀고 당기던 끝에 한 남자가 나가떨어져 좌판 위에 엎어진다. 남자와 좌판이 함께 무너지면서 소쿠리에 담겼던

고구마와 감자 따위가 와르르 쏟아진다. 두 주먹 불끈 쥐고 사태를 지켜보던 여자의 눈에 순간 불꽃이 튀는가했더니, 외마디 고함과 함께 총알처럼 날아서 덩치 큰 상대편 남자의 배를 머리로 세게 떠받는 것이다. 덩치가 산만한 남자도 그 조그만 여자는 어쩔 수 없는 듯 뒤로 한두 발짝 물러선다. 얼결에 한쪽으로 비칠비칠 밀려나있는 여자의 남편은 깡마른 체구에 병색이 완연한 얼굴이다. 남편이 신부전증을 앓고 있어 이태 전부터 집에서 쉰다고 들었었다. 오늘은 무슨 일로 나와서 이리 봉변을 당하는가.

이웃들이 뜯어말려서 싸움은 끝이 났지만 여자의 턱은 가쁜 숨으로 한참을 더 오르락내리락 한다. 난전에서 자리다툼은 흔히 있는 일이다. 오늘도 그 덩치 큰 남자가 새로이 운동화좌판을 벌여서 아침부터 티격태격하다가 결국 사단이 난 것이다. 여자의 남편은 모자를 푹 눌러쓴 채 흩어진 야채들을 챙기고 운동화노점 남자는 운동화들 옆에 쭈그리고 앉아서 연신 담배연기를 뿜어댄다.

사태가 진정된 것 같아 좌판 앞에 마주 앉으면서 "같이 살아야지…" 조심스레 한 마디 건네니 여자가 뜨악한 눈으로 나를 올려다본다. 그리고 금방 굵은 눈물 한 방울을 뚝 떨어뜨린다. 미안하다. 여자의 손을 꼭 잡아주고는 감자 한 소쿠리를 챙겨서 값을 치르며 "또 올게요." 인사를 한다.

누가 말했던가, 삶은 사막에서 버티기라고. 그 버티기에서 밀려날까 두려워 여자의 남편은 벽처럼 완강한 이웃 남자 앞에 맹렬히 일어났으나 밀리고 말았다. 일곱 살, 네 살, 두 아들의 젊은 엄마는 허약한 남편을 위해 온몸으로 막아섰다. 운동화 노점을 벌인 남자도 가해자는 아니다. 그에게도 그럴 수밖에 없는 절박함이 있을 터이다. 건실한 직장을 다니다가 해고당했을 수도 있고 사업을 하다가 길바닥으로 내몰렸을 수도 있다.

비 걷힌 하늘을 올려다본다. 잔뜩 흐리다. 내가 뭘 안다고, 여자가 얼마나 절실한 지, 장터에서 버티는 게 무엇인지 어찌 짐작이나 한다고. 아니야, 나도 알아. 나도 많이 힘들거든, 한세상 살아내기는 누구에게나 지독하게 숨찬 일이거든. 그러니, 훈이네 이 사막에서 우리 함께 버텨요. 혼잣말을 하며 저물녘의 시장골목을 걸어 나온다.

남편이 봉지 두 개를 들여다보더니 "쪽파는?" 한다. "그렇게 됐어요." 대답하는데 시린 바람 한 가닥 가슴을 지나간다.

(2009.)

목록―죽기 전에 하고 싶은 일

수채화 그리기, 죽자고 글쓰기, 밤새워 책 읽기, 사흘낮 밤 잠자기, 멍하니 앉아있기, 죽기 전에 내가 하고 싶은 일이다. 이른바 '버킷리스트'인데 현실감이 결여되어 있다. 할 수 있는 일이 아니라 하고 싶은 일이니 현실감 따위는 그냥 넘어가자.

명사들이 작성한 "죽기 전에 하고 싶은 일 다섯 가지"가 신문의 전면에 게재되었다. '콘크리트 없는 마을 여행하기' '아프리카 오지에 우물 파주기' '헬리콥터 딸린 유럽의 고성 구입하기' '미얀마 선방(禪房)에서 수행하기' '내가 잘못한 일 담은 책 쓰기' 같은 다양하고도 재미있는 내용들이 있었다.

무엇을 하고 싶은가, 죽기 전에. 위에 쓴 바와 같다. 참신하지도 기발하지도 않거니와 노역이 배제 되어있다. 노역이 배제된 건 용서하라. 일은 지금까지 충분히 했다고 나름 대로 생각한다.

수채화를 그린다? 헤르만 헤세는 마흔이 되면서부터 그

림을 그리기 시작했다. 나무 그늘에 앉아서 한적한 시골 풍
경을 그렸다. 평화로운 마을, 작은 교회, 꽃과 나무와 호수
를 밑그림이 선명하게 드러날 만큼 맑은 수채물감으로 표
현했다. 너무 투명해서 그림에 그의 영혼이 얼비치는 것 같
다.

한가한 시간이 허락된다면 헤세처럼 그림을 그리고 싶
다. 그림에 몰입해서 바깥일, 안의 일들을 잊어버리고 싶
다. 파란하늘과 초록빛 산을 그리면서 어린아이처럼 즐거
워하고 싶다. 스케치북 한 권을 엄마얼굴로 채우고 싶다.
그러다가 문득 퇴행의 시간에서 돌아와 그럴듯한 자화상도
그려보고 싶다. 그런 내 모습을 상상해보니 기분이 좋다.
화가가 되고 싶은 생각은 아예 없다. 다만 그리고 싶을 따
름이다. 수채화를 그리는 게 꿈이다. '꿈'이란 낱말을 쓰자
마자 기분이 굉장히 좋다. 그렇지 꿈이다! 아직 꿈이 남아
있는 것이다.

죽자고 글쓰기, 정말 그러고 싶다. 언제나 시간이 모자라
고 건강 또한 쾌청하지 못하다. 그러니 전력투구할 형편이
못된다. 열정이 부족한 게 아니다. 이것은 허울 좋은 구실
인가. 그렇다하더라도 바로 그 구실 때문에 열망이란 게 생
기지 않을까. 승방 하나를 빌려서 죽으라고 글만 써보았으
면 더할 나위 없겠다. 그럴 수만 있다면 이상(李霜)의 「종생
기」 같은 절체절명의 글이나 대하소설도 쓸 수 있을 것 같은
전혀 근거 없는 자신감마저 생긴다. 해서 또 기분이 좋다.

그러고 나서도 남은 날들에는 밤새워 책을 읽었으면 한다. 나는 그다지 늙지 않았다고 생각하는데 노안은 이미 오래 전에 시작되었다. 왜 눈이 먼저 늙나. 책 읽기가 점점 힘들어짐에도 읽기에 대한 욕구를 어쩌지 못해서 책을 놓지 못하고 있다. 밤새워 명문장들을 읽고 싶다. 글은 깊은 밤에 더 맛있다. 밤이 되면 경상에 앉아 개구리 소리나 새 소리 물소리 바람소리들을 행간에 들으며 길고 긴 글줄을 읽어내려 갔으면 좋겠다. 생각이 여기에 미치니 정녕 행복하다. 눈이여 부디 내게서 문자를 빼앗지 말라.

사흘낮밤 잠자기는 일상적인 욕구다. 입에 붙은 말처럼 뇌리에 붙어있는 생각이다. 그게 별빛 쏟아지던 옛집마당의 나무평상이 아니라도 좋고 폭신한 침대에 감촉 좋은 이불이 아니어도 그만이다. 어떤 방이라도 괜찮다. 모든 근심과 등짐을 내려놓고 잠자고 싶다. 먹지 않고 생리적 현상도 뛰어넘고 오직 잠만 자고 싶다. 그것은 얼핏 죽음과 흡사해 보이지만 단연코 아니다. 오늘의 명제가 죽기 전에 하고 싶은 일임을 잊지 말아야지. 사흘 동안의 잠에서 깨어나면 다시 태어난 것처럼 생기 넘치게 살 수 있지 않을까. 써놓고 보니 이 대목이 마음에 든다. '다시 태어난 것처럼 생기 넘치게!'

위의 것들은 어쩌면 지나친 욕심일지도 모르겠다. 그냥 멍하니 앉아있기만 하자. 가슴에서 감정을 밀어내고, 머리에서 생각을 몰아내고 말 그대로 멍하니 앉아있자. 해 뜨면 일어나고 때 되면 밥 먹고 밤 되면 잠자고 그 사이 빈 시간을 생각 없이 근심 없이 앉아만 있는 것이다. 여기에서 명상 더구나 초월을 떠올리면 안 된다. 격이 다르다. 생의 질곡을 건너고 건너며 발이 부르텄던 자가 마침내 이른 매우 단순하고 평화로운 만년의 시간이라고 이해하면 된다. 이 또한 욕심인가. 유감스럽지만 그렇다. 아프리카 오지에 우물 파주기의 베풂도 아니고 잘못한 일 담은 책 쓰기의 성찰도 아니니 욕심이랄 수밖에. 어쩌랴. 거기까지인 걸.

비록 그리하지 못할지라도 그렇게 하리라는 희망 그게 꿈이다. 내게 꿈이 있다. 하고 싶은 일이 남아있다. 황홀하다. 두 아이의 방을 차례로 들러 서랍들을 열어본다. 장성한 아이들의 방에는 수채물감이 없다. 문구사에 가야겠다. 아니 스케치부터 해야 하나?

(2008.)

옴마, 옴마, 울옴마

내는 와 옴마한테 글을 안갈챘겠노. 와 그 생각을 몬했는지 기가 찹니더. 시건*이 업서도 우째 그러키 업섰는강, 암짜도 씰 데 업는 가똑똑인기라예.

옴마 살았을 직에 내 이뿐 딸내미라꼬 생각했십니더. 애 안믹이고 컸다고 생각했심더. 시상에 효자효녀는 업따는 거 옴마 시상** 배리고도 한참 지내서야 알았십니더. 다른 거 말로하마 머하겠노. 옴마 일짜무식 까망눈으로 살다가 기한 딸자석이. 옴마 옴마 안답답했심니꺼. 와 글 갈채돌라꼬 말 안했심니꺼. 딸 너이 아들 하나 혼차 공부시긴 옴마가 불효막심한 자석새끼들 머라카지도 안코.

울옴마, 백오십삼센치나 됐어까. 쪼맨하고 오동통했지예. 눈은 속쌈시불 찌고 코는 낮도 높도 안하고 콧구무가 쬐끔 들린 개롬한 얼굴에 끝꺼지 비내*** 찌르고 사신, 머

---

* 소견, 생각
** 세상
*** 비녀

박색도 일색도 몬되는 여자였지예. 야물딱지기는 시상에 두째가라하마 섧벴지예. 옥양목 치매조고리에 밍비* 앞치매 두리고 정짓깐 장독깐 발빠닥 딿기 삐대고, 짱백이**에 따뱅이*** 언저가 새참, 중참 반티**** 모가지 뿌라지기 이고 논때기 밭때기로 댕길 때 여사로 생각했심더. 옴마는 그래 사는 기라꼬.

아부지가 술자리에 수타 갖다 내삐리고도 남가준 전답도 술찮았는데 옴마, 옴마는 와 그래 살았십니꺼. 그러키 새빠지게 안 살어도 밥은 묵었는데. 그 전답 옴마 독씻고 단지 씻고 하나뿐인 아들이 어지가이 축내고도 안죽꺼지 남어서 옴마 눈에 너어도 안아푸다캤던 손지차지 됐심더. 그 손지지 애비 안닮어서 잘 징기고 있어예. 하이고~다행이지러, 다행이지러.

"우리 가시나들은 얼음구디이 갖다나도 잘 살낀데 저거 개랄***** 겉은 저거는 지꺼 업스마 굶는대야" 옴마 그런 말 할 직에는 맥지 카는 소리라꼬 귀시브럭지로 흘렸는데 한참 나 들어가 생각해보이 그기 너거는 궁물도 업따 그 말입디더. 그러키 주무이 들온 돈은 내놀 줄 모리고 살어가 아들 다 주고 가시서 좋았지예? 그까지 꺼 유감업심더. 얼음구

---

* 무명
** 정수리
*** 따리
**** 네모모형의 나무함지박
***** 계란

디는 아이지만 딸 너이 넘의 집에 돈 안 채로가고 삽니더.

옴마, 옴마, 울옴마, 이할배*는 와 이아재**는 경대법대 꺼지 시기고 옴마는 핵교 문찌방도 몬 넘게 해가 '가'짜 뒷달 구지도 모리게 하싰으까예? 그거 모리잔심더. 식짠은 가시 나라꼬 그래께찌예. 그러키 당코도 옴마는 또 와 가시나 머슴아 가맀능교. 딸 너이 아들 너이 놓아가 아들 서이 잃아뿌고 가시나는 너이 다 건지가 아들, 아들하신 거 모리지는 안심더. 그래도 그러치, 오래비는 졸업할 직에 앨범 사주고 내는 앨범도 안 사조가 앨범도 업시 졸업해가 억수로 설벘심더. 하이고~내가 이카면 죄 받지러, 내 동무 희야, 자야, 공장에 실 풀로 갔는데 옴마는 딸자석들 다 핵교 보냈지예. 오감코도 오감치예.

좀 오래됐심더. 여개저개서 문맹어른들 글 갈채는 거 유행하기 시작했심더. 그 어른들이 글짜를 깨우치가 장빠닥을 돌아댕기시민서 간판 읽는다꼬 장이 떠니리가기 떠들어 댔어예. 글짜 읽는 기 신기해가 윗어대고 손뼉치고 난리였는데 내는 각중에*** 가심이 턱 맥히뿌릿어예. 울옴마는 저 거도 몬해보고 가싰네, 내는 머하고 살았노. 내 눈이 밝어서 옴마 눈 어덥은 거 모리고, 옴마 답답은 거 꿈에도 모리고……..

_____

* 외할아버지
** 외삼촌
*** 갑자기

나*는 수무 살이나 어데로 묵었는공. 옴마는 거가 머 갈 채는 덴지도 모리는 대학이나 댕기민서. 옴마, 내 대학 입 학한 날 생각킵니꺼. "아이고~ 좋데이, 우째 이러키 좋노. 땡삐겉이 공부하디만~" 하싰지예. 그기 옴마 포안**진 말 인 중도 모리고 "고마 카이소, 촌시럽구로." 내가 챙피시럽 어 했는 거 내도록 맴에 걸맀십니다.

옴마, 옴마, 울옴마. 내가 커고 나 묵어가 글쨍이가 됐심 더. 책도 마이 읽꼬, 글도 어지가이 씁니더. 옴마는 듣도 보 도 몬한 '수필'(이거이 먼지 우째 말하마 옴마가 알아듣겠노.)이란 거를 짓는데 이기 바로 글짜놀음인기라예. 그리키나 천지 삐까리인 글짜를 갖꼬 놀민서 생각했심더. 내는 와 옴마한 테 글짜 몇나를 몬 갈채가 이래 가심치고 있노. 신경숙이라 꼬 이름 날리는 소설가(소설가가 머하는 사람이고 하마 이바구를 질다랗키 글로 씨는 사람입니더)가 있심더. 그 사람이 "엄마를 부탁해" 라 카는 이바구책을 지어가 참말로 시상천지를 다 울맀심더. 그 이바구책에 나오는 주인공이 내나 소설간데 지가 소설가민서 저거 옴마한테 글짜 안 갈챘데예. 그라고 얼매 전에 수필 읽는데 글 모리는 옴마한테 시상배린 아부 지가 남가준 돈하고 통장 이바구데예. 내가 그 사람한테 전 화했심더. 김선상은 와 옴마한테 글 안 갈챘나꼬, 내 머라 캤심더. 참말로 도분***이 났는기라예. 그 사람한테가 아이

---

* 나이
** 포한

고 내한테 성이 났는기라예. 시상에 내겉은 자석이 수두룩 뻑뻑한갑심니더. 도리깨로 홀배야* 맞뜩은 것들이.

옴마, 옴마, 울옴마, 내 아홉 살인가 묵었을 직에 옴마가 내 상장으로 곡식자리 입을 막카서 내가 "옴마!" 뻭 소리를 질렀지예. "야~가 와 이카노, 놀래 자빠지구로!" 그카민서도 옴마는 그 조오를 빼가 손으로 쓱쓱 문때서 내한테 주민서 "미안테이" 했심더. 글 모리는 옴마한테는 그기 그저 뚜꺼븐 조오라 곡식자리 주딩이 막후기에 딱 좋았찌예.

옴마 글 갈채서 검정고시 보이가 졸업장도 타기 해디릴낀데, 다 컨 자석이 다섯이나 돼갖꼬 아무도 그 생각 몬 했시이 불효도 이런 불효가 업심더. 울옴마 빙들어 오만때만 고상만 하다가 오십너이에 가시는데 옴마보다 여섯 살이나 더 묵은 내는 안죽꺼지도 천지분간을 몬하고 지가 잘나서 사는 중 압니더. 옴마 저시상 가신 그때 그 시건머리 업는 헛똑똑이 수무 살이나 진배 업심더. 옴마, 옴마, 울옴마.

(2013.)

***화
*두들겨 패야

어디서 오셨어요?

어디서 오셨어요? 그리 어여쁜 모습으로. 대체 누구세요? 섣달스무이레 밤중에 나를 낳은, 혹시 우리 엄마세요?

음력 섣달스무이레 아침에 미역국을 먹으면서 엄마 생각을 잠깐 했다. 그뿐, 출근을 했고 한가한 시간에 책을 읽고 있었다. 밖은 추웠으나 내 일상은 안온했다. 정채봉선생의 『스무 살 어머니』(언제부턴가 생일날 이 책을 읽는다.)를 읽다가 문득 고개를 드니 조그만 얼굴 하나가 유리문으로 나를 들여다보고 있었다. 문이 무겁고 뻑뻑하여 얼른 나가서 열어드렸다. 헤~ 나를 올려다보며 웃으신다. 순간 "엄마!" 불렀다. 하지만 그것은 아래위 입술이 합쳐지고 떨어지는 움직임이었을 뿐, 소리가 되지는 못해서 그분은 알아듣지 못했다.

나를 올려다보셨다고 했다. 나보다 더 작고 바짝 말랐다. 하지만 고왔다. 구절초꽃잎이거나 곱게 마른 한 잎의 가랑잎 같기도 했다. 그리 보였다. 자주색 장미모형 꽃이 달린 진분홍 벨벳모자 밑에서 그 조그만 얼굴은 입을 헤~벌리고 웃기만 했다. "어디서 오셨어요?" 왜 그렇게 물었을까. 무엇 때문에 오셨느냐고 물어야 맞지 않은가.

센바람 한 줄기가 플라타너스 빈 가지를 마구 흔들더니 그분의 모자를 벗겼다. 재빨리 모자를 주워서 돌아섰더니 하얗게 센 머리칼을 이마위에 납작 붙인 채 그분이 밀차 손잡이를 짚고 꼬부장하니 서 계셨다. "들어가세요, 추워요." "으응~내 뭐 좀 물어 볼라고." 그분이 밀차의 앞을깨처럼 생긴 함에서 더듬더듬 꺼낸 것은 통장 두 개였다.

일터 옆에 은행이 있다. 거기 다녀오신 모양이다. 그분이 어눌하게 늘어놓은 말들을 간추리면 이렇다. 한 개의 통장에 오십만 원, 다른 한 개의 통장에 삼십만 원이 입금되었을 게다. 우선 그게 제대로 되었는지 확인하시는 것이었고, 통장에 끼여 있는 쪽지 그러니까 때 묻은 마분지 조각에 사인펜으로 굵고 큼지막하게 쓴 계좌번호로 돈을 보내야한다는 내용이었다.

큰아들과 큰딸이 오십만 원과 삼십만 원을 보내주었는데 그 중에 삼십만 원을 막내한테 보내야한다고 했다. 그걸 해달라고 하셨다. 은행 직원한테 말씀하시면 잘 해드렸을 텐데 여길 오셨냐고 했더니 "사람이 너무 많아, 정신이 하나도 없어요." 하시면서 또 헤벌쭉 웃었다. 하얀 틀니가 가지런히 드러났다. 외람되게도 그 모습이 어찌나 귀엽던지 그분의 손을 잡고 기분 좋게 은행으로 갔다.

그분의 손을 잡았을 때의 그 감촉이 오래 잊히지 않았다.

조그마한 손, 가녀린 손가락, 그럼에도 온기가 내게로 스며들었다. 느린 걸음에 맞추어 걷고, 서너 개의 계단을 부액을 하고 올라가서 두 개의 문을 통과하기까지, 그리고 역순으로 돌아오기까지 내내 눈물겨웠다.

통장 두 개를 비닐로 싸서 손가방에 넣은 다음 밀차의 함에 챙겨 넣고, 털장갑을 양손에 끼는데 한참이 걸린다. 동작은 매우 느리나 그 마무리는 야무지다. 그리고 문을 나서기 전에 목도리를 다시 감으셨다. "바람이 차요. 모자 눌러 쓰셔야겠어요." 바람을 더 잘 막을 수 있도록 챙을 만져드리며 그분의 눈을 들여다보았다. 그때 본 그분의 순한 눈빛과 표정을 잊을 수가 없었다. 흔히들 저승꽃이라 이르는 검버섯이 관자놀이와 뺨에 여럿 보였다. 그 얼굴이 나를 마주 보며 아기처럼 웃었다.

라일락 향기에 이끌려서 뒤꼍 화단으로 가다가 문득 돌아보니 초록물결무늬 밀차가 걸어오고 있다. 눈에 익다. 사랑하는 이를 본 사람처럼 가슴이 두근거린다. 그분이다. 얼마만인가. 2년? 3년? 라일락꽃 따위는 금방 잊어버리고 돌아선다. 어찌 오셨어요? 어디서 오셨어요? 연달아 묻는다. 어디서 오셨겠는가, 그 연세에. 근처에 사시겠지. 헤~ 예의 그 웃음을 나는 무슨 기적처럼 경이롭게 바라본다.

밀차의 함을 열고 느릿느릿 병 두 개를 내 놓으신다. 참기름과 매실즙이다. "이거 줄라고." 그동안 밀차는 귀퉁이가 닳았고 그분은 더 작아졌다. 큰아들 집에서 지내다가 왔다, 동무가 있어서 여기가 좋다고 하신다.

　그 겨울에 내가 잡은 그 가녀린 손의 온기, 이 봄날에 다시 본 해맑은 웃음, 그건 엄마의 따스함이고 엄마의 미소이다. 처음 뵈었을 때의 그 느낌이 어이 그리도 사무쳤던지, 이아침 왜 이리도 설레는지 알 것 같다.

　신산했던 지난날들을 까맣게 잊어버린 채 어린아이처럼 웃을 수 있고, 검버섯이 피어서도 어여쁜 얼굴, 욕심 없고 거짓 없는 표정, 그분에게서 엄마를 본 것이다. 늙어보지도 못하고 가신 내 늙은 엄마 같다.

　저만치 밀차와 함께 걸어가는 그분의 뒷모습을 바라본다. 두 개의 병을 쥐고 서서 넋 나간 듯이 그분을 바라본다. 하얀 머리칼, 헐렁해 보이는 연푸른색 스웨터와 갈색 통치마, 가느다란 두 개의 발목, 그리고 검정색 단화가 전체적으로 묘하게 어울린다.

　"오래 오래 사세요. 제발 아프지 말고 편안하게 사세요."

(2013.)

불어라 봄바람

　오리들이 강물에서 노닐고 있다. 한 마리, 두 마리, 여러 마리, 그 꽁지들 뒤로 물 아래의 발놀림이 만들어낸 하얀 물길이 보인다. 바람이 강을 가만가만 만진다. 강물이 물무늬로 풀린다.

　불어라 봄바람 솔솔 불어라, 강물을 풀고 오리의 발목을 풀고 내 마음을 풀어라. 차창으로 강물을 바라보면서 출근을 한다. 라디오에서 '앱튼강'이 흘러나온다. 미국 민요이다. 스코틀랜드의 옛 노래 '불어라 봄바람'을 개작한 합창곡인데 화음이 멋지다. 듣고 있으니 가슴 가득 보드라운 바람이 일렁인다.

　가슴에 봄바람이 인다. 봄기운이 난다. 봄 냄새가 난다. 이 아침 봄이 노래를 부르며 사뿐 다가와서 나를 설레게 한다. 얼마 만인가, 이 설렘. 여느 때와 다르다. 겨우내 나는 깊은 겨울잠에 빠졌던 것 같다. 겨울은 유난히 춥고 길었다. 그래서 꼼짝 못하고 뱀처럼 잠만 잤다. 몸도 마음도 사유도 함께 잠잤다. 문을 열고 나가자. 그리하여 타자와 세계를 만나자. 춤을 추고 노래를 부르자. 울고 웃자. 봄바람이 나를 그리 채근한다.

시선이 가 닿는 풍경에 마음이 주체할 수 없이 떨렸으면 좋겠다. 강 언저리에서 노숙자처럼 웅크린 채로 추위를 견디고 있는 새들에게 조금만 더 기다리라고 다정하게 말해주고 싶다. 체감온도 영하 7도의 냉기 속에서 자신이 팔고 있는 배추나 무처럼 푸르죽죽하게 얼어 있는 나이 든 여자를 끌어안고 싶다. "이런 건 손님이 싫어하니까 먹어 치워요. 배부르면 춥지도 않고 밥 한 끼 벌고, 도랑 치고 가재 잡는 거죠." 퉁퉁 불어 터진 '오뎅'을 한입 가득 물고 웃던 젊은 남자의 포장마차에 파장쯤 들러서 그 불어터진 '오뎅'을 다섯 꼬챙이쯤 '먹어 치우고'싶다.

오, 그러나 언제부턴가 모든 게 심드렁해지고 무덤덤해졌다. 여간해서 가슴이 떨리지 않으며 어쩌다 떨림이 찾아와도 그뿐, 이내 잦아들고 만다. '!'는 '……'로 금방 잦아들고 만다. 그렇다고 시든 풀꽃처럼 살아야 하나.

이를테면 나는 펄펄 살아 있고 싶은 것이다. 능동적이고 역동적으로 살기를 희망한다. 사람들과 부대끼면서 즐거우면 크게 웃, 슬프면 목 놓아 울며 거리낌 없는 삶을 살았으면 한다. 그런데 왜 자꾸만 웅크리는가. 주춤주춤하는가. 문을 열고 나가는 게 잘 안 된다. 번거롭고 두렵다. 맞닥뜨리게 될 어떤 정황들에 점점 자신이 없어진다. 그렇다고 수분이 증발한 가랑잎처럼 살아야 하나.

나는 왜 시든 풀꽃이, 가랑잎이 되어 버렸나. 나이 탓인가. 아마 그럴 것이다. 추위 때문인가. 그 또한 맞는 말일 터. 하지만 지레 늙어 버리게 그냥저냥 내버려 둔 마음 탓이 가장 큰 게다. 곤란하다. 찬물을 한 바가지 뒤집어쓰면 정신이 번쩍 들까. 그렇게 해서라도 나를 깨우고 일으켜 세워야 하지 않겠는가.

불어라 봄바람 솔솔 불어라. 강물을 풀고 새의 깃털을 씻어라. 나이 든 여자의 어깨를 감싸 주고, 젊은 남자로 하여금 희망의 노래를 부르게 하라. 음습하고 추운 대지에 봄볕이 들게 하라. 불어라 봄바람 솔솔 불어라. 내 영혼이 문을 열고 나가서 걷게 하라.

(2010.)

허창옥 연보

<table>
<tr><td>1953.</td><td>경북 달성군 성서면 본리동 감천리에서 아버지 허정수와 어머니 나순이의 2남 4녀 중 다섯째로 태어남. 대구 월배성당에서 유아세례 받음(데레사).</td></tr>
<tr><td>1961.</td><td>본리 초등학교 입학. 4학년 때 새싹회 주최 전국 백일장에서 산문 「감」으로 입상, 어린이 잡지 『어깨동무』에 게재됨.</td></tr>
<tr><td>1967.</td><td>효성여자중학교 입학, 문예반 활동, 스승의 날 기념 전국공모에서 산문 「우리 선생님」으로 우수상 수상, 백일장 활동으로 졸업식 때 공로상 수상.</td></tr>
<tr><td>1970.</td><td>경북여자고등학교 입학, 문예반 활동.</td></tr>
<tr><td>1972.</td><td>효성여자대학교(현 대구가톨릭대학교) 약학과 입학. 76년 졸업. 약국 개설.</td></tr>
<tr><td>1974.</td><td>1월 1일 어머니 선종.</td></tr>
<tr><td>1980.</td><td>박교표와 대구 계산성당에서 혼배.</td></tr>
<tr><td>1982.</td><td>3월 20일 딸 찬미 태어남.</td></tr>
<tr><td>1984.</td><td>10월 1일 아들 일청 태어남.</td></tr>
<tr><td>1989.</td><td>제17회 전국약사문예에서 「할머니 회상」으로 수필부문 당선.</td></tr>
<tr><td>1990.</td><td>『월간에세이』 2월호에 「뜰을 갖고 싶다」로 초회추천,</td></tr>
</table>

10월에 「이장(移葬)」으로 완료추천 등단함.

1990~.   대구시 약사회 편집위원으로 수년 간 활동하면서 약사
회보에 콩트와 칼럼 「청심언」, 약사공론에 「춘추필적」
연재.

1991.   『월간에세이』에 「허창옥칼럼」 연재. 매일신문에 「여
성칼럼」 씀.

1993.   매일신문 「매일춘추」 집필.

1994.   12월 30일 매일신문에 송년수필 「해 저문 날의 독백」
게재. 8월부터 5개월간 영남일보 주말영남에 「조제실
정담」 연재.
제6회 약사문학상 수상. 대한약사회장 표창.

1995.   9월 15일 영남일보 여성명사 릴레이 집필 「나의 소녀
시절」 게재

1996.   1월 3일 문학의 해 선포기념 TBC 생방송 「좋은 아침입
니다」, 2002년 「여성작가 3인 토크쇼」, 2005년 「향토
의 작가」 출연, 일상과 문학세계 조명.

1997.   첫 번째 수필집 『말로 다할 수 있다면』(〈문학수첩〉)을
출간함.

1997.   제15회 대구문학상 수상.

2000.   매일신문에 「내 쉴 곳은 작은 내 집 뿐」 등 2007년까
지 '주말에세이' 5회 게재.
2월 29일 대구일보 새천년특집 「나의 문학, 나의 21세
기」 게재.
『대구문학』 봄호 새천년특집 「21세기 문학의 전망과
과제」에 「문학, 그 영원한 효용성」 발표.

2002.   한국문예진흥원 문예진흥지원금 수혜, 두 번째 수필집
『길』(〈도서출판 그루〉) 출간.

2005.	계간 『수필세계』 봄호~ 2010년 봄호까지 산문산책「그날부터」 연재.
2007.	산문집 『국화꽃 피다』(〈북랜드〉) 출간.
	10월3일 대구문학제 시노래 축제 중 노랫말 「그대 뒷모습」을 써서 고무밴드의 김영주 님이 작곡, 노래함.
2008.	세 번째 수필집 『먼 곳 또는 섬』(〈선우미디어〉) 출간.
2009~2011, 2013.	매일신문 신춘문예 수필심사.
2010.	수필선집 『세월』(현대수필가 100인선 〈좋은수필사〉) 출간.
2013.	네 번째 수필집 『새』(〈선우미디어〉) 출간.
	산문집 『그날부터』(〈수필세계사〉)에서 출간
2014.	선우명수필선 『섣달그믐밤』(〈선우미디어〉)에서 출간

문단 활동

1990~2004.	대구여성문인회 회원.
1992~2004.	영남수필문학회 회원.
1999.	수필문우회에 입회.
2003~5.	대구문협 수필분과위원장.
2004~5.	대구가톨릭문인회 부회장.
2007~2010.	대구수필가협회 부회장.
2013~	대구수필가협회 회장.
현재	한국문인협회, 수필문우회, 대구문인협회, 대구수필가협회, 대구가톨릭문인회 회원, 대구광역시약사회 이사. 우성약국 경영.